KB269446

이웃집 남자

이웃집 남자

지은이 아오야마 나나에 青山七惠

1983년 사이타마(埼玉縣)에서 태어나 도서관정보대학 도서정보학부를 졸업했다. 여행사에 근무하면서 글쓰기를 병행하고 있다. 『이웃집 남자(窓の灯)』는 '아름다운 영상미와 더불어 문장의 청결미가 돋보이는, 관능미가 녹아들어간 작품'이란 평을 받으며 제42회 가와데쇼보 문예상을 수상했다.

옮긴이 지세현

1965년 서울에서 태어나 고려대학교 신문방송학과를 졸업하고, 일본 조오지대학교에서 신문학 석사학위를 받았다. 그 후 서울방송 기획단에 근무했으며, 지금은 집필 작업과 번역을 하고 있다. 소설 『아내의 겨울』을 발표했다.

MADO NO AKARI
by AOYAMA Nanae

Copyright © 2005 AOYAMA Nanae
All rights reserved.
Originally published in Japan by KAWADE SHOBO SHINSHA, Publishers, Tokyo.
Korean translation rights arranged with
KWADE SHOBO SHINSHA, Publishers, Japan
through THE SAKAI AGENCY and YU RI JANG LITERARY AGENCY.

이웃집 남자

窓の灯

아오야마 나나에 지음 • 지세현 옮김

들녘

이웃집 남자
ⓒ 들녘 2006

초판 1쇄 발행일 · 2006년 7월 14일

지은이_아오야마 나나에
옮긴이_지세현
펴낸이_이정원

주간_윤재인
책임편집_김상진
편집_정미정 · 송인환 · 김인경
디자인_김경애 · 배기열
마케팅_구본건 · 이도은
관리_조철희 · 장성준 · 우유정 · 김대환 · 강성철

펴낸곳_도서출판 들녘
등록일자_1987년 12월 12일
등록번호_10-156
주소_경기도 파주시 교하읍 문발리 파주출판단지 513-9
전화_마케팅 031-955-7374 편집 031-955-7381
팩시밀리_031-955-7393
홈페이지_www.ddd21.co.kr

값은 뒤표지에 있습니다. 잘못된 책은 구입하신 곳에서 바꿔드립니다.
ISBN 89-7527-547-7(03830)

1

흔들리는 커튼 사이로 불빛이 새어나오는 작은 방. 그 안에서 흘러나오는 텔레비전 소리가 밤공기를 가른다.

무엇이 저리 우스울까.

성긴 레이스 커튼 너머로 남자가 이따금씩 소리 내어 웃고 있다. 나도 그를 따라 미소를 짓는다.

습한 바람이 커튼을 흔들 때마다 머리카락이 눈을 찌른다. 밤바람이 시든 과일 냄새를 물씬 풍긴다.

텔레비전 속에서 웃음소리가 쏟아져 나오자 또다시 남자가 웃는다. 나도 소리 내어 웃어본다. 순간 남자가 몸을 옆으로 쓰러뜨리며 창에서 사라진다.

텅 비어버린 방에는 웃음과 박수 소리와 쓸쓸한 내 시선만 남는다.

2

남자가 건너편 빌라로 이사 온 것은 한 달 전의 일이다.

카페 위층에는 우리밖에 살지 않았기 때문에, 그가 오기 전까지는 알몸으로 방 안을 왔다 갔다 하거나 옆 방에서 미카도 언니가 남자를 데려와 무슨 짓을 해도 신경 쓸 필요가 없었다.

언니가 운영하는 카페는 술집이 즐비한 거리 끝자락에 붙어 있다. 주변에는 주로 학생들이 사는 싸구려 빌라가 빽빽이 늘어서 있는데, 카페 입구와 창은 그 빌라와 가까이 마주 보고 있다. 처음 방에 들어섰을 때 건너편 빌라와 너무 가깝다는 생각이 들었지만 금방 익숙해졌다.

건너편 2층 빌라 건물에는 아래층과 위층에 각각 방

이 세 개씩 있다.

2층 왼쪽 방에는 중국인이 산다. 그는 이쪽을 전혀 개의치 않는 듯 특별한 경우가 아니면 창문이나 커튼을 닫는 일이 없다. 간혹 여자와 중국말로 다투는 소리가 들리곤 한다. 오른쪽 방에는 내가 대학을 다닐 때 같은 학과 동기였던 얌전한 남학생이 산다. 그는 간혹 창문을 열고 난간에 이불을 말리긴 하지만 항상 파란색 커튼을 쳐놓는다. 서로 안면이 있으면서도 인사를 나눈 적은 한 번도 없다.

지금껏 내 방 정면으로 마주 보고 있는 2층의 가운데 방만 비어 있었다. 덕분에 날씨가 점점 더워지면서 나는 창문을 활짝 열어놓고 레이스 커튼 하나만 가려놓은 채 아무 옷이나 입고 편하게 지냈다.

건너편에 남자가 이사 온 것은 6월말이라고 기억한다.

장마철에 잠시 비가 멈춘 그날도 나는 평소와 다름없이 낡은 티셔츠에 반바지 차림이었다. 삐걱거리는 소리를 내며 건너편 방 덧문이 열렸을 때 거울 앞에서 눈썹을 손질하던 나는 반사적으로 창가를 향해 달려갔다. 좀처럼 열리지 않을 것 같은 건너편 방 덧문이 열리자 마치 낯선 사람에게 내 방문이 열린 것처럼 경계

심이 일었다. 창틈으로 살펴보니 건너편 방의 덧문이 주먹 하나 들어갈 만큼 열려 있었다.

어머! 우리 방이 그대로 보이잖아! 나는 대낮인데도 불을 켜놓고 다시 눈썹을 손질했다. 하지만 온통 건너편 방에 신경이 쓰여 눈썹 손질을 제대로 할 수 없었다.

그날 밤, 카운터 안에서 화장을 고치고 있는 언니에게 말했다.

"건너편에 누가 이사 온 것 같아."

"어머, 그래."

언니는 대수롭지 않다는 듯 혼잣말처럼 중얼거릴 뿐이었다. 나는 잠깐 사이를 두고 덧붙였다.

"언니, 아무래도 커튼으로 가려야겠어!"

언니는 도톰한 입술에 립스틱을 바르다가 성가시다는 듯한 표정을 지었다. 순간 거울 속 언니의 눈이 내 눈과 마주쳤다.

"테이블 좀 정리해줄래?"

"2층 말이야…… 그 비어 있던 방……."

언니는 립스틱 뚜껑을 닫고는 그대로 거울을 보았다.

"누가 이사 왔다니까. 커튼 달아 놓지 않으면 내 방 안이 유리 속이야."

"그렇겠네."

언니는 붕어처럼 입술을 뻐끔거리며 립스틱을 고르게 칠하고는 입술 끄트머리를 새끼손가락으로 갈무리했다. 마치 나와의 대화도 이렇게 마무리 짓겠다는 듯 말없이 오랫동안 입술을 매만졌다.

손님이 없다. 시계를 보니 열 시를 막 지났다. 평소 같으면 야근을 한 월급쟁이 몇 팀이 간단히 야식을 먹으러 올 시간이다. 창가에 있는 4인용 테이블에 빈 접시와 먹다 남은 커피 잔이 아무렇게나 놓여 있다.

문득 창밖을 보니 건너편 1층에 사는 노인이 잠옷 바람으로 덧문을 닫고 있다.

그 남자의 2층 방에 불이 켜져 있다. 창이 열려 있는지 레이스 달린 커튼이 움직인다.

불을 켠 채 커튼만 쳐놓다니!

내 방 불이 켜지면 조심할까?

아무래도 저 맞은편 방이 신경 쓰인다. 서둘러 커피 잔들을 정리하고 카운터로 간다. 언니는 화장을 고치고 돈을 세고 있다. 언니에게 다시 건너편 방에 대해 이야기했지만, 언니는 건성으로 한마디하고는 돈 세는 일에만 열중한다.

　잔을 씻어놓고 창가에 앉아 건너편 방을 물끄러미 바라본다. 이사 온 사람은 무엇을 하는 사람일까, 어떻게 생겼을까? 방을 가린 커튼을 보면서 마음대로 상상해본다.

　잠시 후 갑자기 커튼이 젖혀지더니 빨간 티셔츠를 입은 남자가 창가에 나타난다. 나는 화들짝 놀라 카운터로 얼른 몸을 돌린다. 역광 때문에 얼굴을 볼 수 없다.

　"언니! 역시 남자야."

　"그래?"

　"지금 보여? 창가에 있지?"

　언니는 카운터에 앉아 몸을 숙여 남자의 방을 쳐다본다. 하지만 낯선 이웃에 대한 호기심이라곤 찾아볼 수 없는, 마음 내키지 않은 동작이다.

　"잘 안 보여."

　"그래!"

　"여기선 안 보여" 하며 언니는 다시 돈을 세기 시작한다.

　돌아보니 남자는 보이지 않는다.

　"남자라면 조심해야지. 마리모, 너도 벗고 왔다 갔다

하면 안 되겠다."

언니의 말은 아이스크림을 많이 먹으면 배탈이 나니 조심하라는 것처럼, 진심으로 걱정하기보단 의례적인 말치레로 들린다.

돈을 다 헤아린 언니는 어느새 한가롭게 담배를 피우고 있다. 나는 그 모습을 물끄러

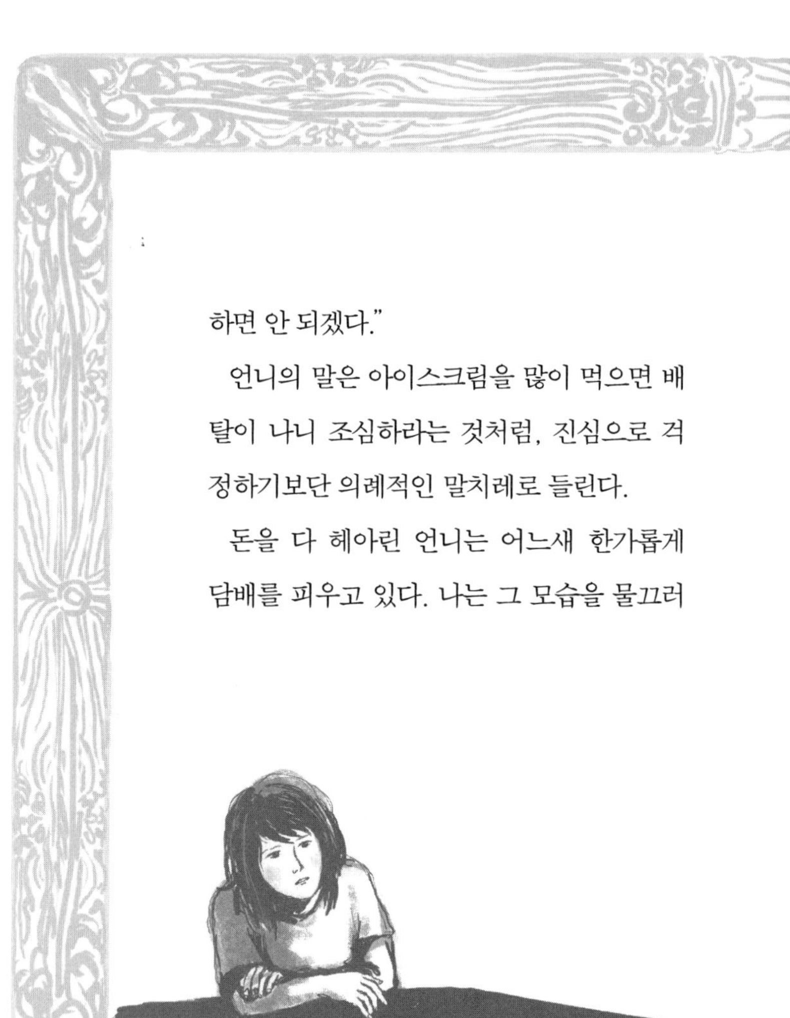

미 바라본다. 하긴 혼자 카페를 경영하며 치근대는 남
자들에게 시달리는 언니가 새로 온 남자에게까지 신경
쓸 겨를이 없을 것도 같은 생각이 든다.

조금 지친 기색으로 카운터에 앉아 담배 연기에 감싸
인 언니의 초점 없는 검은 두 눈동자를 보자 비밀스러
운 것을 훔쳐본 듯 야릇한 기분이 든다. 나는 뚫어지게
언니를 응시한다. 그러면서도 한편으로 훔쳐보는 눈빛
을 들키지 않으려고 이런저런 말을 걸 생각을 한다. 그
러다 나도 모르게 뜬금없는 질문을 던진다.

"오늘 누가 와?"

내 물음에 언니는 피식 웃고 길게 담배 연기를 내뿜
는다.

"오늘은 안 오지만 머지않아……."

언니의 눈동자가 살짝 흔들린다.

그날부터 건너편 남자의 방을 유심히 엿보는 버릇이
생겼다. 남자의 방은 냉방이 안 되는지 언제나 창문이
열린 채 레이스 커튼만 드리워 있다. 레이스가 듬성듬
성해 내 방에서는 남자의 방 안까지 들여다보인다. 적
어도 안에 있는 사람이 옷을 입고 있는지 정도는 분간

할 수 있다.

남자는 이런 사실을 알까!

한쪽으로 묶어 두었던 두꺼운 커튼을 일부러 가린다.

나는 남자의 얼굴을 모른다. 레이스 사이로 윤곽만 알아볼 수 있을 뿐 생김새를 파악할 수 없다. 창문 너머로 로맨틱한 사랑이나 첫눈에 반하는 사랑을 꿈꾸지는 않지만, 남자가 미남이었으면 좋겠다는 생각을 해 본다.

남자가 이사 오고 며칠이 지나 창가에 작은 화분이 놓인다. 방에 화분을 놓아두는 것으로 보아 나쁜 사람은 아닌 듯하다.

나는 식물 기르는 일이 서툴러 학교에서 나팔꽃과 수세미를 키울 때도 자주 말라죽게 했다. 봄에 변덕이 나서 사 온 미니토마토 종자 화분도 일주일이 채 지나지 않아 비참한 몰골로 만들어버렸다.

식물을 열심히 돌보는 사람을 보면 왠지 주눅이 들어 어떻게 대해야 할지 갈피를 잡지 못한다. 말 못하는 식물을 공들여 키우는 사람은 여유 있고 대범하며, 적어도 나보다는 순수할 것이다.

며칠 후 남자의 방에서 들리는 유쾌한 웃음소리에 커

튼을 젖혀 보니 예상대로 젊은 여자가 있다. 늘 그렇듯 레이스 커튼만 쳐져 있다.

저녁이라도 준비하고 있나?

긴 머리를 뒤로 묶고 스커트를 입은 여자가 방 안을 분주히 왔다 갔다 한다. 여자와 함께 있는데도 창문은 열린 상태 그대로다. 계속 방 안을 엿보는 짓이 꺼림칙해 나는 창가에서 물러난다.

박자 틀린 기타 연주가 간간이 들려오고, 여자의 경쾌한 웃음소리는 장마가 물러간 밤하늘로 퍼져나간다.

열심히 은 스푼을 닦던 언니가 천천히 눈을 깜빡인다. 그러다가 동작을 멈추고 스푼에 새겨진 조각을 탐스러운 듯 바라본다.

미카도 언니! 속으로 언니의 이름을 불러본다.

"밤에 책방에서 나올 땐 다시 태어나는 기분이 들더라."

언니는 뜬딴지같은 한마디를 툭 던지고는 이내 스푼을 불빛에 비쳐 보고 서랍에 넣는다. 그러고는 가늘고 긴 외국 담배를 입에 물고 긴 손톱이 도드라진 손으로 라이터를 켠다.

“그게 무슨 말이야?”

언니는 담배 연기를 내뿜으며 내게 “바보”라고 한다. 담배를 문 언니의 도톰한 입술이 연분홍 빛으로 변한다.

“책방에서 나올 때마다 다시 태어나는 기분이라고.”

“책을 사서?”

“미쳤니? 책 같은 건 왜 사니!”

카페 입구에서 벨 소리가 울린다. 언니는 바깥의 열기를 몰고 들어오는 세 사내에게 다가가 싹싹하게 인사한다. 피우던 담배를 내게 주고 냉장고 안에서 찬물을 꺼내 컵에 따른다.

“아무것도 안 사면서 다시 태어나는 기분이라고?”

나는 언니의 미니스커트 아래로 미끈하게 뻗은 종아리를 보며 중얼거린다.

카운터에 기대 사내들의 푸념을 들으며 유쾌하게 웃을 때마다 언니의 커다란 엉덩이가 씰룩거린다. 언니의 몸매는 조각 같다.

언니의 긴 파마머리는 끝이 살짝 꼬부라져 이리저리 뻗어 있다. 언니가 카운터에서 얼굴을 길게 내밀면 머리카락 끝이 사내들의 손을 스친다. 그들은 언니의 머리카락을 희롱하며 장난을 건다. 언니의 외마디 비명을 들으며 즐거워하는 사내들은 초등학생처럼 유치하고 불쌍해 보인다. 그럴 때마다 언니는 핀힐 끝으로 아슬아슬하게 자신을 지탱한다. 카운터 밖에서는 들리지 않는 그 리듬을 나는 알고 있다.

처음 언니의 리듬을 발견했을 때 등골이 오싹할 정도로 불쾌했다. 하지만 한편으론 나도 모르게 우월감을 느끼기도 했다. 때론 언니의 고달픈 삶이 생경하기만 하다. 연극처럼 가공된 세상처럼 보인다.

언니의 손님들은 평범하지만 나름대로 성실하게 살아가는 남자들이다. 어느 정도 인생의 단맛, 쓴맛을 느껴본 그들을 단번에 초라한 존재로 만드는 언니가 자랑스럽다. 일부러 그러는 걸까? 하지만 그것은 내게 별로 중요하지 않다.

나는 언니의 행동을 지켜보다가 독특한 매력을 알게 되었다. 그러자 언니가 하는 말과 행동이 날이 갈수록 '여인'의 표본처럼 각인되었다. 그것은 막연한 선망이 되어 몸속 깊이 파고들었다.

언니가 건넨 담배를 한 모금 빨고 파란색 유리 재떨이에 비벼 끈다. 그러고는 카페 뒷문으로 살짝 빠져 나와 나선형 계단 아래서 잠시 숨을 돌린다. 무심결에 붙잡은 난간은 낡고 녹이 슬어 문지르면 빨간 쇳가루가 떨어진다. 닳고 닳은 내 일상이 바스락대며 떨어지는 것 같다.

나는 주머니에 손을 찔러 넣고 카페 옆길로 나선다.

서쪽 끝에 있는 공원 숲 건너편으로 오렌지 빛 태양이 뉘엿뉘엿 지고 있다. 거리는 아직도 숨이 막힐 듯한 열기가 가득하다.

길 사이에 있는 주차장에 언니가 장식용으로 키우는 민트 잎사귀가 뜨거운 열기 속에서 흐느적댄다. 맥없이 길을 건너가 얼굴을 파묻고 민트 향을 맡다가 손에 잡힌 부드러운 잎사귀를 뜯는다. 이대로 민트 잎사귀 속에 묻혔으면 좋겠다.

길에는 아무도 없다.

머리가 무겁다. 손바닥을 이마에 대고 발길을 돌려 카페 계단을 오른다.

2층에 있는 내 자그마한 보금자리의 문을 열자마자 계란 썩은 냄새가 진동한다. 싱크대 안에 엊저녁 언니가 먹다 남겨놓은 삶은 계란이 상한 모양이다. 낮에도 창문을 닫아 놓아서 바깥보다 공기가 뜨겁고 축축하다. 나는 숨을 멈추고, 손에 쥐어 온 민트를 뿌리고 부엌을 가로질러 침실 창문을 연다.

건너편 그의 방에서 기타 소리가 들려온다. 바깥은 밝지만 방은 어두워서 평상시처럼 커튼 안쪽이 잘 보이지 않는다. 여자가 와 있을까?

카페가 쉬는 목요일, 미카도 언니의 저녁은 내가 준비한다.

방을 대충 치우고 침대 앞에 있는 작은 테이블에 중국 냉면을 차려 놓고 언니를 부르러 간다. 방문을 두드려도 인기척이 없다.

복도 끝 형광등 주변에서 벌레들이 윙윙거린다.

저녁이 준비됐다며 다시 한 번 방문을 노크하자 언니가 얼굴을 내민다. 화장기 없는 얼굴에 립스틱만 칠한 얼굴이다. 언니는 문도 잠그지 않고 후다닥 내 방으로 향한다.

방에 들어온 언니는 곧바로 테이블 앞에 앉으며 덥다고 한다. 나는 언니에게 차가운 캔 맥주를 내민다.

식사 중 잠깐 대화가 끊겼을 때 건너편 남자의 무신경함에 대해 슬쩍 말을 건넨다. 언니는 역시 관심이 없는 듯 건성으로 대꾸하고는 냉면을 먹는다.

"여자가 오고…… 옷을 벗기도 해. 일부러 그러는 것 같기도 하고……."

"벗다니? 불을 켜놓고 한단 말이니?"

언니가 젓가락질을 멈춘다.

"응, 욕실에 들어갈 때라든가……."

"그으래?"

"……."

"이거 맛있다."

"언니! 저 남자 일부러 그러는 걸까?"

"글쎄."

"남자들은 원래 저런가? 벗은 걸 보여주고 싶어 하는……."

"글쎄……."

언니는 입을 오물거리며 손등으로 이마의 땀을 닦는다.

"변태!"

"너도 정상은 아니네."

"그게 아니라…… 보이니까……."

언니의 한마디에 할 말을 잃는다. 공연히 언니가 밉다.

무신경한 건너편 남자뿐 아니라 언니도 비웃어주고 싶다.

그렇지만 말을 더하면 나만 이상한 사람이 될 것 같고, 언니한테 그런 취급을 받는 것도 불쾌해 말없이 냉면을 먹는다.

장마가 그치고 더위가 기승을 부리는 탓에 방 안은 찜통이다. 창문을 열어놓았지만 커튼을 쳐놓아 실바람조차 들어오지 않는다. 언니 이마에 맺힌 땀방울이 반짝인다. 공원 숲에서 들리는 새들의 요란한 울음소리를 들으니 한층 더 후텁지근하게 느껴진다.

“새소리 진짜 시끄럽네.”

“모두가 살아 있잖니.”

내 투덜대는 소리에 언니는 한 마디 툭 던지고는 맥주를 벌컥벌컥 들이켠다.

“정말 덥다, 이 방. 커튼 안 여니?”

“건너편에서 보이잖아.”

“어머, 그렇구나.”

나는 선풍기 회전 속도를 가장 세게 올린다. 땀을 닦은 휴지가 구석까지 날아간다. 언니는 갑자기 젓가락을 놓고는 그릇을 입에 대고 국물을 후루룩 마신다.

"얘, 음악 좀 틀자!"

언니는 침대 밑에서 오래된 라디오카세트를 끄집어내 전원을 꽂는다. 재니스 조플린의 허스키한 목소리가 방 안에 울려 퍼진다.

언니의 제일 어린 애인이 주려고 했던 시디다. 언니가 운영하는 카페에는 어울리지 않는 짧은 머리에 단정한 얼굴을 한 내 또래 남자다. 문학청년 같은 그가 말없이 건네준 재니스의 시디는 하루가 지나고 일주일이 지나도 계산대 옆에 그대로 있었다. 보다 못한 내가 가져온 것이다.

언니는 그런 사정은 아랑곳없다는 듯 담배를 맛있게 피운다.

음산한 재니스의 열창을 듣고 있자니 갑자기 식욕이 떨어진다. 반이나 남은 냉면을 젓가락으로 휘휘 젓다가 한 가닥을 호로록 빨아먹어 본다.

언니가 무엇인가 말한다.

"응?"

"오늘 밤 누가 온다고."

"누구? 미즈시마 씨?"

미즈시마는 반년 전부터 언니의 애인이 된 남자로 음

식점이 밀집한 거리의 한 건물에 있는 회사 사장이다. 집적거리는 것을 좋아하는 그는 내게도 기분 나쁜 눈길로 노골적인 농담을 던진다. 나는 그를 별로 좋아하지 않는다. 게다가 키도 작고 거뭇거뭇한 머리를 부자연스럽게 정리한 모습이 내 이상형과는 거리가 멀다.

"마리모는 미즈시마가 그렇게 싫어? 얼굴에 쓰여 있어."

"누가 오는데? 말해 봐!"

"미즈시마!"

"맞지. 내 방에는 데려오지 마. 언니는 그 사람 어디가 좋아?"

언니는 우물쭈물 말을 얼버무리고 음악에 맞춰 몸을 흔들기 시작한다.

언니의 애인은 미즈시마뿐만이 아니다. 내가 이름까지 알고 있는 사람만 세 명이고, 이름을 모르는 사람까지 포함하면 열 명 가까이 된다. 어쨌든 그 열 명이 종종 순번을 바꿔가며 언니의 방을 찾아와 하룻밤을 지새우고, 옆방에서 내가 자는 사이 도둑고양이처럼 돌아가곤 한다.

몇몇은 카페가 끝날 때까지 언니와 붙어 있기도 하

고, 갑자기 밤중에 언니의 방문을 두드리기도 한다. 그들 모두가 언니에게 푹 빠졌다. 언니를 바라보는 표정 또한 상당히 노골적이다.

그렇다고 미카도 언니가 빼어난 미인은 아니다. 그런데도 생활에 지친 남자들은 어둠침침한 카페 안에서 언니의 손짓 하나, 눈길 한번에도 묘한 신비감을 갖고 반응한다.

언니는 항상 솜씨 좋게 마실 음료를 준비하거나 절묘한 타이밍에 웃어 주고 때로는 알 수 없는 소리를 할 뿐이다. 언니는 남자가 마음에 들면 방으로 불러들이고 내키지 않을 때는 혼자 자거나 나를 붙잡고 수다를 떤다.

언니의 무심하고 담담한 태도는 항상 흥미와 선망의 대상이 된다. 언니는 한 사람 한 사람에게 굉장히 성실하다. 선이 분명하고 평등해서 누구에게든 그 순간만큼은 최선을 다하는 것처럼 보인다. 단지, 어느 한 사람만 특별하게 대하지 않는다. 나도 언니에게 특별하지 않다. 그래서인지 나는 창피하리만치 호기심을 품고 언니에게 빨려 들어간다.

예전에 술에 취한 언니가 자기 방으로 돌아가지 않고

내 방 침대에서 잔 적이 있다.

나는 자고 있는 언니의 어깨가 만지고 싶어서 손가락으로 살짝, 아주 살짝 그 부드러운 살결을 쓰다듬었다. 언니가 알아채지 못하는 것을 보고 살포시 움켜쥐기도 했다.

언니의 어깨는 탐스럽고 탄력 있으며 달콤한 향기를 품은 듯하다. 나 역시 남자들과 똑같은 관점으로 언니를 보고 있다. 그래도 좋다. 나는 그들이 모르는 언니를 알고 있으니까.

언니가 방으로 돌아간 후 나는 담배를 물고 베란다로 나간다. 습관처럼 건너편 방을 들여다본다. 건너편에는 오늘도 여자가 온 듯하다.

두 사람이 이제 막 사귀기 시작한 사이여서 앞으로 이런저런 사건이 일어나면 좋을 텐데……. 아직 키스도, 섹스도 하지 않아 그 첫 순간을 내가 목격할 수 있다면 좋을 텐데…….

두 사람은 내가 볼 수 없는 곳에 있는 텔레비전을 보고 있는 모양이다. 커튼 너머로 희미하게 가슴 위 윤곽이 보인다.

그래, 해 봐, 안고 쓰러져 봐!

열심히 속으로 초리쳐 보지만 담배 네 개비를 다 피울 때까지도 둘은 이따금 유쾌하게 웃으며 텔레비전을 볼 뿐이다. 갑자기 복도에서 귀에 거슬리는 소리가 들려온다.

"마리모쨩! 선물이에요."

미즈시마가 귀찮게 문을 두드리는 소리에 하는 수 없이 방문을 열어준다.

데려오지 말라고 했는데…….

방문 앞에 얼굴이 벌겋게 달아오른 미즈시마와 목을 살짝 내민 언니가 서 있다.

"마리모쨩! 선물!"

발효된 양파 냄새와 기름기 자르르한 포마드 냄새에 욕지기가 치민다.

언니를 살짝 쏘아보자 언니는 잘해보라는 말만 툭 던지고 자기 방으로 달아난다. 미즈시마는 고급 가죽 가방에서 쓰레기나 넣을 듯한 검은 비닐봉지를 꺼낸다.

"첫 경험 때 써요."

그는 기분 나쁜 미소와 함께 내게 그것을 안긴다. 여성용 피임 기구는 이번이 네 번째다. 나는 고맙다는 의례적인 인사말을 하고 방문을 닫아버린다.

밤에 잠에서 깨어 보니 옆방에서 언니의 교성이 들려온다. 미즈시마의 숨 넘어갈 듯한 짜증스런 신음소리도 들린다.

나는 언니의 맑은 교성만 들으려고 귀를 벽에 바싹 대고 눈을 감는다. 언니의 목소리는 점점 커져 끊어질 듯하더니 마지막으로 비명 같은 소리를 지르고는 이내 아무 일도 없었다는 듯 조용하다.

자궁이 수축하는 느낌이 든다.

언제부턴가 아침과 낮은 물론, 카페에서 일을 마치고 방으로 돌아온 한밤중에도 베란다에서 환하게 불빛을 밝힌 건너편 남자의 방을 엿보며 담배 피우는 것이 일과가 되었다.

이때가 느슨한 일과 중에 윤곽이 가장 또렷해지는 휴식 시간이다. 한밤에 빨래를 걷으러 나온 동창인 남학생이 나를 보고는 얼른 고개를 돌리기도 하고, 중국인 방에서 물건이 부딪히는 소리와 히스테리를 부리는 여자의 목소리가 들려도 나는 전혀 질리지 않는다.

노골적이고 질펀한 싸구려 쇼를 어두운 구석에서 훔쳐보는 남자처럼 남의 사생활을 은밀히 즐기고 있다는 사실을 깨달았을 때 나는 내 자신이 실망스러웠다. 지저분하다고도 생각했다.

하지만 자기혐오에 빠지기보다는 그 욕망을 채우는 쪽이 더 즐겁지 않은가. 사실 아무에게도 상처를 주지 않고 자신의 감정을 처리하기란 그리 어려운 일이 아니다. 뉴스를 보는 것과 다를 바 없다. 화면에서 벌어지는 일은 내게 아무런 영향을 주지 못하고 나 역시 거기서 무엇을 받으려고 하지 않는다.

나는 레이스 커튼 너머에 있는 그를 호기심 어린 눈으로 지켜볼 뿐이다. 내가 없는 사이에도 모르는 사람이 그곳에서 생활하고 있다. 사람 사는 게 다 거기서 거기다 스스로 위로하며 호기심을 채우기 위해 냉정한 눈길로 방 안을 훔쳐본다. 그가 창가로 다가와 커튼을 젖힐 기미가 느껴지면 나는 재빠르게 베란다 구석에 웅크리고 숨을 죽인다.

3

한낮의 거리는 작열하는 태양 빛에 잔뜩 일그러져 있다.

2층 건물이 늘어서 있는 카페 골목에는 인적이 끊겼고, 구석에 있는 도시락집 환풍기 그늘에서 더위에 녹초가 된 강아지가 드러누워 있다. 플라스틱 간판에 반사된 강렬한 태양빛이 몸을 관통할 듯 내리쬐며 아스팔트를 달군다.

양손에 든 비닐봉지를 들고 슈퍼에서 돌아오는데 겨드랑이에 땀이 차 온다. 이마에 맺힌 땀이 흘러들어 눈을 질끈 감는다.

겨우 카페 앞까지 와서 발아래에 봉지를 내려놓고 손등으로 이마의 땀을 닦아낸다. 등으로 카페 문을 열자 벨 소리가 울리며 차가운 실내 공기가 온몸을 훑고 지나간다.

"갔다 왔어!"

"마리모! 수고했다."

미카도 언니는 얼음을 깐 얇은 접시에 작은 유리병을 몇 개 늘어놓고 검시럽을 따르고 있다. 그 앞에는 자칭 화가인 단골 사내가 앉아 있다.

"그레이프 후르츠 있니?"

언니는 내가 들고 있는 커다란 비닐봉지에 눈길을 준다.

나는 대꾸 없이 테이블을 가로질러 카운터 안에 있는 주방 냉장고를 열고 쏟아져 나오는 냉기를 한껏 들이마신다. 토해내는 숨이 뜨겁다.

"마리모!"

사 온 주스와 야채를 냉장고에 넣는데 주방과 카운터를 나누는 발 너머에서 언니가 부른다.

"왜?"

나는 냉장고를 열어 둔 채로 대답한다.

"고미야마 씨하고 말 상대 좀 해줄래? 전화 걸 데가 있어."

발을 걸고 고미야마를 보자 그는 겸연쩍은 듯 시선을 아래로 떨어트린다.

"네."

"더위에 고생했는데, 미안!"

언니는 조금 미안하다는 듯 새삼스레 얼굴을 붉히며 내게 미소 짓는다.

그러고는 고미야마에게 곧 돌아오겠다고 말하고는 황급히 휴대폰을 들고 카페 뒷문으로 나간다. 언니의 뒷모습을 보자 작은 위화감이 느껴진다.

"가게 전화를 쓰면 되잖아."

혼잣말처럼 중얼거리자 고미야마가 비밀을 알고 있는 사람처럼 묘한 미소를 짓는다.

"남자다."

"네?"

"남자라고."

나는 고미야마의 얼굴을 빤히 바라본다. 그는 단골일 뿐 언니의 애인은 아니다.

옆방에서 들려오는 그의 말소리를 들은 적도 없고 계단에서 그와 만난 적도 없다. 그런데도 그는 내가 이 카페에서 일하기 훨씬 전부터 일주일에 두 번 정도는 반드시 여기에 와서 두 시간 정도 언니를 독차지한다고 들은 적이 있다.

나는 다른 손님들의 심부름을 해야 하기 때문에 그와 둘이서 이야기를 나눠 본 적이 없다.

고미야마는 키가 작고 땅딸막하며 사람 좋은 얼굴을 하고 있지만 그리 믿음이 가는 인상이 아니다. 자칭 화가라고 떠벌리는 만큼 간혹 자신이 그렸다는 그림을 가지고 와 언니와 내게 자세한 설명을 해준다.

그가 그린 그림은 대개 풍경화이고, 때론 젊은 여인의 초상화도 끼어 있다.

나는 그의 그림에 전혀 흥미가 없다.

언니 역시 칭찬에 인색하다. 공연히 미안한 생각이 들어 나는 마음에도 없는 말을 해주곤 한다.

"아까 전화가 왔지."

그의 목소리가 자신감에 차 있다.

"네에."

언니가 하루 종일 남자로부터 받는 전화는 헤아릴 수 없을 만큼 많다. 그렇지만 언니가 일부러 카페 밖으로 나가서 전화를 할 만한 상대는 좀처럼 떠오르지 않는다. 나는 그와 마주한 채 개수대에 쌓인 컵을 씻는다.

"마리모! 요즘 미카도 상대가 누구지?"

짜증이 난다. 그가 언니의 행적을 모를 리 없다.

"많아요."

"그래도 중요한 상대가 있을 거 아니야."

"중요하다뇨?"

"자주 오는 사람."

"그런 사람이 있기는 하지만……."

"나는 미카도 아버지 같은 사람이니까 말해도 괜찮아."

"그럼 직접 물어보세요"라는 말이 목구멍까지 치솟지만 애써 삼키고 몇몇 이름을 가르쳐준다. 미즈시마의 이름을 들은 그가 인상을 찌푸린다.

"미즈시마! 그자는 별 볼일 없는데. 그저 시골뜨기 졸부잖아. 미카도는 취향이 독특하네. 그 녀석이라면 미카도가 아깝지."

"미카도 언니만 아는 미즈시마 씨의 장점이 있겠죠."

내가 잘라 말하자 그는 얼굴을 찡그리더니 안주머니에서 담배를 꺼내 피운다. 그때 뒷문이 열리더니 언니가 종종걸음으로 들어온다.

"고미야마 씨! 미안해요."

화장이 약간 지워지긴 했지만 언니의 웃는 얼굴은 매

력적이다.

"미즈시마야?"

그는 불쾌한 기색을 감추지 않는다. 언니가 나를 흘긴다. 나는 아니라는 시늉을 하고 계속 컵을 씻는다.

"그 사람은 안 돼."

"지금 전화, 다른 사람이에요."

"거짓말하지 마."

"정말이에요."

"그럼 누군데?"

나는 언니 옆에 서서 이 남자가 무슨 권리로 언니 일을 간섭하려는지 모르겠다는 생각을 하며 두 사람의 대화에 귀를 기울인다.

"선생님이에요."

선생님이라는 말에 놀라 나는 언니의 얼굴을 본다. 고미야마 역시 같은 표정을 짓는다.

"선생님이라면…… 누구?"

언니는 아무렇지도 않다는 듯 대답한다.

"대학 때 선생님요."

언니의 입술 끝이 희미하게 올라간다. 나는 아무 말 없이 그 입술을 바라본다.

"왜 선생님한테 전화가 오지?"

그가 집요하게 묻는다.

"아무것도 아니에요. 제가 카페 하는 걸 아시고……
근처에 오시면 들르시겠다고……."

"그래? 어쨌든 미즈시마 같은 인간하고 사귀는 건 좋
지 않아. 그 사람만은 안 돼. 그런 바람둥이 같은 놈
은……."

그가 묻고 싶은 사람은 미즈시마가 아니라 선생님일
것이다. 아무리 생각해도 납득할 수 없는 그의 이야기
를 언니는 미소로 응수한다.

전화를 걸기 위해 언니를 카페 밖으로 나가게 한 선
생님이란 사람은 대체 어떤 사람일까.

나는 상상의 가지를 치기 시작한다. 여느 스승과 제
자 사이일 것 같지는 않다. 남자를 우습게 대하는 언니
가 감정을 감추지 못하고 사춘기 소녀 같은 표정을 짓
는 모습을 보면 볼수록 그 남자에 대해 더욱 궁금증이
인다.

얼마 동안 고미야마의 설교가 이어지는데 느닷없이
입구에서 벨 소리가 난다. 포마드 냄새를 질퍽하게 풍
기며 촌스럽게 옷을 입은 미즈시마가 들어선다.

“어머, 어서 오세요.”

미즈시마는 생긋 웃는 언니와 그 앞에 앉은 고미야마를 번갈아 노려본다. 그러고는 들으라는 듯 한숨을 내쉬며 카운터 끝에 거만하게 자리 잡는다.

갑작스런 불청객의 등장으로 조금 전까지 열변을 토하던 고미야마는 입을 다문다. 잠시 어색한 적막이 흐른다.

“마리모! 물. 아저씨가 목이 말라서.”

“네.”

나는 탐탁지 않은 마음으로 그에게 물을 갖다 준다.

“마리모! 일전에 그거 써 봤어? 좋지?”

대답하기 곤란해 언니를 본다.

언니는 예의 초점 없는 눈길로 그저 사람 좋은 미소만 짓는다.

“아이스오레 드릴까요?”

시큰둥하게 물어보니 미즈시마는 태연히 “그래”라고 짧게 대답하고는 담배를 꺼내 문다.

이 인간이 오늘밤도 오려나……!

나는 솜씨 좋게―사실 음료 만드는 실력은 언니보다 내가 한 수 위다―마실 것을 만들어 준 뒤 미묘한 분위기가 흐르는 카운터를 벗어나 창가 자리에 앉아 주간지를 펼쳐든다.

문득 그 남자의 방을 올려다보니 커튼이 도발적으로 흔들리고 있다. 언니의 흔들리는 마음속 같다.

4

늦은 밤, 설거지를 끝내고 계산대 앞에서 돈을 세고 있는 미카도 언니의 모습은 평소처럼 피곤해 보이지만 늘 그렇듯 아름답다. 나는 먼저 들어가겠다고 말하고 방으로 돌아온다.

8월에 접어들면서 한층 더 무거워진 공기가 어두운 방 안에 가득하다. 담배를 물고 창문을 열자 건너편 방은 늘 그렇듯 불이 켜져 있다. 오늘도 여자가 와 있다.

여자가 있을 때면 나는 방 불을 끄고 줄곧 그의 방을 지켜보게 된다. 괜히 신경이 쓰인다. 유치한 줄 알면서도 흥분을 감출 수 없다. 어젯밤에도 그녀가 왔다.

레이스 커튼 너머로 보이지 않는 곳이나 장면은 상상력으로 메우기 때문에 그녀에 대해 모르는 게 없다는 느낌이 든다. 그녀는 옅은 갈색으로 물들인 머리를 지저분하게 등 뒤로 늘어뜨리고는 항상 하늘하늘한 스커트에 분홍색 자전거를 타고 와 귀에 거슬리게 브레이크 소리를 낸다.

그녀는 큰 소리로 깔깔 웃어대고, 쪼그리고 앉아 텔레비전을 보거나 턱을 괴고 앉아 순진한 표정을 지으며 그를 바라본다. 기타 치는 그는 그녀를 보며 안달이 난다. 다다미에 쪼그리고 앉은 그녀가 어색하고 딱딱하게 손발 움직이는 모습을 상상하기란 식은 죽 먹기다.

나는 베란다에 놓아 둔 작은 의자에 앉아 아이스크림을 빨아먹듯 담배를 빤다. 그녀와 그는 아직 방 안쪽에서 저녁 식사를 만들고 있는 듯하다.

축하해요. 이렇게 엿보는 것도 모르고…….

배가 고프다.

어떻게 보일까? 지금 나와 저 커플을 위에서 내려다보면? 갑자기 비참해진다. 정신을 차려 보니 담배가 손가락 바로 밑에까지 타 들어와 있다.

뜨겁다.

커튼 너머에서 접시를 옮기는 그녀와 순간적으로 눈이 마주친 느낌이 든다.

“마리모!”

어느새 언니가 내 방에 들어와 이름을 부른다. 만화에서처럼 폴짝 의자에서 일어나자 언니는 살갑게 눈을 흘기며 웃는다.

“왜?”

불을 켜는 언니를 보고 서둘러 방 안으로 들어와 두꺼운 커튼을 친다.

“오늘 저녁은 가게에서 안 먹었잖아.”

“응.”

“뭐 좀 먹으러 갈래?”

“언니도 안 먹었어?”

“그래.”

“미즈시마 씨도 와?”

“안 와. 그건 왜 묻니?”

“언니가 내는 거지.”

“어머, 애 넉살 좀 봐.”

언니는 잠시 화장을 고치고 오겠다 말하고 자기 방으로 간다. 불을 끄고 다시 커튼을 젖히자 희미한 두 사람의 그림자가 멀어져 간다.

"새우튀김 먹을까?"

"응?"

"새우튀김."

계단을 내려가며 언니가 다시 묻는다.

"왠 새우튀김?"

"먹고 싶으니까."

"언니가 좋으면 나도 좋아."

언니는 내 손을 꼭 움켜쥔다.

언니의 하얀 손은 물장사 하는 여자보다 부잣집 귀부인에 더 어울린다. 그에 비해 거무스름하고 앙상한 내 손을 보면 부잣집에서 일하는 아이 딸린 하녀가 떠오른다. 내 자신이 초라하다는 생각이 들면 언니와 함께 있다는 행복은 그 깊이를 더한다.

열한 시를 넘어선 작은 번화가는 여전히 왁자지껄 소란스럽다. 곤드레가 되어 길가에서 토하는 학생, 화장 진한 여성과 길을 걷는 잔뜩 멋을 부린 사내, 뭇 남성을 유혹하는 미니스커트를 입은 여자, 금목걸이를 하고 그녀에게 접근하는 검은 양복의 남자.

언니와 나는 음식점까지 손을 잡고 걷는다. 언제나 그렇듯 낡은 앞치마를 두른 음식점 주인 남자는 언니를 보자 쌓아 놓은 양배추 쪽으로 가며 무뚝뚝하게 어서 오라고 말한다.

언니가 좋으면서…….

언니는 테이블에 앉자마자 "아저씨! 시원한 맥주하고 새우 둘 주세요"라고 거침없으면서도 조금은 도발적인 목소리로 주문한다.

"언니! 왜 그래?"

주인이 우리를 힐끔 쳐다본다.

언니는 나를 보며 소중한 비밀이라도 간직하고 있다는 얼굴로 살짝 웃는다.

"너무 빨리 마시는 거 아니야?"

"목이 말라서."

"하지만……."

"맛있잖아."

"그래도 그렇게 급하게……."

"마리모도 쭈욱 들이켜 봐."

대답할 틈도 안 주고 언니는 남은 맥주 잔을 단숨에 비워버린다.

"아저씨! 한 잔 더."

주인의 눈짓을 본 깡마른 아르바이트 학생이 거품이

넘치는 잔을 테이블에 살며시 놓자 언니는 고맙다며 미소 짓는다.

적당히 반죽을 뒤집어 쓴 언니와 나의 새우가 끓는 기름 속에서 먹음직스런 황금빛으로 변하고 있다. 주인은 다시 야채를 썰기 시작한다. 기름기 없는 그의 머리에 초라한, 깨소금 같은 머리털은 언제나 허무감을 불러일으킨다. 환풍기 돌아가는 소리가 몸을 휘감는 공기와 함께 귓속까지 파고들어 어질어질하다.

접시에 수북이 담긴 양배추를 물끄러미 바라본다. 만족스러운 듯 언니가 내뱉는 한숨 소리가 희미하게 들린다.

"마리모하고 처음 같이 밥 먹은 곳도 여기였지."

"응?"

"마리모가 오던 날 밤, 여기서 새우튀김 먹었잖아."

그랬다. 언니의 카페에서 일하기로 결정한 날 밤, 언니는 여기서 나에게 새우튀김 정식을 사 주었다. 그때도 언니는 맥주를 주문했고 기분 좋게 흥얼대며 마셨다. 나는 언니를 세상에서 가장 맛있게 맥주를 마시는 여자라고 생각했다.

때는 2월이었지만, 언니 옆방으로 들어온 날은 날씨

가 비교적 따뜻했다. 그 당시 1년도 채 다니지 않은 대학을 그만둔 탓에 지방에 계시는 부모님의 걱정이 이만저만 아니었고, 나는 나대로 살 집조차 잃을 위험한 지경이었다. 그렇다고 제대로 된 일을 할 마음이 있었던 것도 아니었다.

나는 매일 저녁 때 일어나 빌라 근처에 있던 미카도 언니 카페에서 시간을 보냈다. 애거서 크리스티와 엘러리 퀸 등 어린아이들도 읽을 수 있을 만큼 한자가 적은 문고판 책에 빠져 카페가 끝날 때까지 있었지만 사람들의 잡담은 신경 쓰이지 않았다.

하지만 가끔씩 언니의 매력적인 웃음소리가 들려오면 문득 고개를 들어 카운터에 있는 언니를 바라보곤 했다.

언니와 눈이 마주치면 겸연쩍어 나도 모르게 시선을 돌렸다.

나는 미카도 언니를 아름다운 여자라고 생각했다. 그러면서도 어딘지 모르게 천박하다는 느낌이 들었다.

나쁜 여자, 여자들이 싫어하는 여자, 섹스를 잘하고 말도 안 되는 상황에서 상대를 배신할 여자, 나를 바보 천치 취급하는 머리 나쁜 여자. 그럼에도 묘하게 사람을 끌어당기는 매력을 지닌 여자.

섣불리 눈을 마주치면 나처럼 생각 없는 아이는 그녀의 포로가 되어버릴 것 같아 경계했다.

그날 밤도 나는 창가에 앉아 일을 마치고 귀가하는 남자들을 곁눈질하며 『아크로이드 살인사건』을 읽고 있었다.

아아, 이런 거 질리게 읽었는데…….

고서점에 가서 다른 새로운 책을 사고 싶었지만 저금한 돈은 바닥을 드러냈고, 엄마에게 전화한다는 생각만 해도 소름이 끼쳤다. 이런저런 생각을 하며 시큰둥하게 책을 읽고 있다가 나도 모르게 테이블에 엎드려 잠이 들어버렸다.

시험 당일 늦잠을 자서 불안한 마음으로 깰 때처럼 걱정스럽게 눈을 떴다. 처음 눈에 들어온 것은 언니의 허리에 감긴 가짜 진주로 만든 가느다란 허리띠였다. 나는 아마 금방이라도 울어버릴 듯한 표정을 지었을 거다.

"미안해요. 가게 문 닫을 시간이라서."

언니는 처음으로 내게 부드러운 미소를 지었다. 그 순간 내 얼굴은 화끈 달아올랐던 것 같다. 미안하다 말하고 테이블 위의 책을 가방에 넣고 일어서려 했다. 카페에는 언니와 나 두 사람 이외에는 아무도 없었다.

언니는 나를 보며 야릇한 표정을 지었다.

"왜요?"

"책 자국이……."

황급히 손을 대 보니 얼굴에 눌린 책의 모서리 자국이 피부에 또렷하게 느껴졌다.

"잠 깨게 뭐라도 마시고 가요."

"괜찮아요. 바로 앞이라서…… 갈게요."

"여기서 일하지 않을래요?"

"네?"

"얼마 전에 일하던 사람이 그만둬서."

"저 말이에요?"

"학생?"

"아뇨. 학교는 그만뒀어요."

"그렇다면 더 좋고. 지금 아무 일도 하지 않죠? 방도 하나 비어 있는데, 바로 이 위층에……. 여기 와서 살아도 돼요."

언니의 느닷없는 제안에 나는 당황했다. 그러나 거절할 이유도 없었다. 나는 곧바로 언니의 카페에서 일하기로 결정했고 방 열쇠를 받았다. 내게는 과분한 그 낡은 열쇠에는 'civet'이라는 알파벳 다섯 개가 희미하게 새겨져 있었다.

"가게 이름이 시벳이에요. 그보다 배고프지 않아요? 기운 좀 나게 새우튀김이라도 먹으러 가요."

간판이 없던 카페 이름을 그때 처음 알았다. 그리고 반년이 지났다. 언니는 그날처럼 주인이 만들어 준 새우튀김을 받아 내 앞에 놓아주고 어느새 젓가락을 올려놓는다.

"먼저 먹어."

언니의 얼굴은 이미 발갛게 달아올라 있다. 별로 마시지도 않았는데……. 그래도 오늘은 벌써 두 잔째다.

"천천히 마셔."

수북이 담은 양배추 위에 맛깔스럽게 얹어 놓은 새우튀김에 젓가락을 대자 눈앞에 하얀 속살이 드러난다. 언니의 통통한 종아리를 얹어 놓으면 이런 색이겠지.

나는 조용히 먹기 시작한다. 굉장히 맛있다. 언니도 천천히 한숨을 내쉬며 세 번째 맥주 잔을 받아 놓고 말 없이 새우튀김에 젓가락을 가져간다.

후식으로 차가 나온다. 나는 포만감과 나른한 식곤증

을 느끼며 따뜻한 차를 마신다. 그때 내가 제안을 받아들이지 않았다면 언니는 어떻게 했을까?

다른 여자를 찾아서 그 여자에게 새우튀김을 사 주었을까?

나는 손때 묻은 문고판이 닳도록 책을 읽는 생활을 계속했을까?

'미카도'라는 독특한 이름이 언니의 본명인지 아닌지도 모른다. 모두가 그렇게 부르니까 나도 그렇게 부를 뿐이다.

반년 가까이 같이 생활했는데도 언니에 대해 아는 게 없다.

이름도, 고향도, 지금까지 어떤 사람과 사귀어 왔는지도…….

이런 생각을 하고 보니 새삼 언니가 멀게 느껴진다. 그럴수록 나도 모르게 언니에게 집착하게 된다.

차를 마시던 언니가 돌연 침묵을 깬다.

"마리모! 선생님이 오셔."

순간 영문을 몰라 나는 멍하니 언니를 쳐다본다.

"선생님? 누구?"

언니는 취했지만 날카로운 눈길로 바로 앞 카운터 건

너편에 있는 낡은 은색 냉장고를 뚫어지게 바라본다. 그녀는 아무 말이 없다.

"선생님이 누군데?"

나는 재우쳐 묻는다. 언니의 차가운 얼굴에 엷은 미소가 떠오른다.

"어……."

생각이 난다.

"낮에 전화한 사람?"

"그래."

"왜? 선생님이 가게에는 왜 오는데?"

언니는 내 얼굴을 유심히 들여다본다.

"안 가르쳐줄래."

"왜?"

"프라이버시."

"맘대로!"

흥미 없다는 듯 차만 마시는 내가 언니는 얄밉나 보다.

전화를 걸기 위해 빨개진 얼굴로 바깥에 나갔던 언니. 당시 야릇한 기분이 되살아나 언니의 모습이 눈앞에 펼쳐진다.

"얘, 넌 너무 냉정해. 다른 사람 말도 들어 줘야지."

52

“언니가 먼저⋯⋯.”

“내일 네 시에 오셔”.

언니의 충혈된 눈동자에 순간 그림자가 드리워진다. 하지만 이어지는 말과 미소에 파묻혀 이내 사라진다.

“그러니까 내일은 아침에 청소 좀 하자. 마리모! 부탁할게.”

언니는 기뻐서 어쩔 줄 모르겠다는 듯 마음껏 웃는다.

나는 전혀 그럴 기분이 아니다. 배신당한 기분이다. “그 사람은 안 와” 하며 울고 싶어진다. 선생님이라니⋯⋯ 분명히 다른 남자들과 똑같을 거야.

왔다가는 가버리고, 가버리면 그만이다. 바보처럼 웃는 언니를 보고 주인도 입을 삐쭉하며 양배추를 썬다.

언니는 잠든 듯하다. 옆방 베란다는 어둠이 짙게 깔려 있다. 소리도 없다. 평상시처럼 베란다로 나가 담배를 피운다. 벌써 한 시가 지났다.

따뜻한 바람이 기분 좋게 불어온다. 손잡이를 잡으니 모래가루 같은 쇠 감촉이 차갑게 느껴진다. 건너편 방에도 불이 꺼져 있다.

여자는 돌아갔을까?

선생님이란 남자 때문에 사춘기 소녀처럼 들떠 있는 언니를 보며 느낀 긴장과 불안이 좀처럼 진정되지 않는다. 차분하게 상황을 따져 볼 생각도 없다. 내일 온다는 남자 때문에 조바심이 나면서도 한편으로 흥미롭다.

선생님이라는 남자보다는 누구에게도 집착하지 않는 언니와 그의 관계가 흥미롭다. 그 두 사람을 위해서 아침 일찍부터 일어나 창문을 닦는다?

생각에 잠겨 건너편의 어두운 창을 바라보고 있지만 아무것도 알 수 없다.

불현듯 바깥으로 나가고 싶은 충동이 일어 창문을 열어둔 채 샌들을 신고 방문을 연다.

거칠 것 없는 바람은 베란다에서 느끼는 감촉보다 신선하게 다가온다. 심호흡을 한 번 하고 좁은 복도를 왔다 갔다 한다.

적막하다. 언니 방 앞에 이르러 나도 모르게 눈을 감고 귀를 기울인다. 인기척이 없다. 유흥가의 네온사인이 지붕 틈 사이로 현란하게 반짝인다.

나선형 계단을 내려가 한참 동안 그 주변을 맴돈다. 마음이 내키는 빌라 계단을 올라가 빛이 새어 나오는 방문에 귀를 살짝 대본다. 싸구려 빌라의 얇은 문 너머로 젊은 남녀의 목소리와 소곤대는 여자들의 잡담, 그리고 시끄러운 텔레비전 소리가 들려온다. 아무 소리도 들리지 않는 문에 귀를 대고 그 안에 살고 있는 사람을 상상해본다.

어느 단층 집 울타리 너머로 소파에 누워 텔레비전을 보고 있는 중년 남자가 보인다. 남자는 미동도 하지 않고 텔레비전 화면만 쉴 새 없이 바꾼다. 다른 방은 모두 불이 꺼져 있다. 남자가 좀처럼 움직이지 않아 나는 이내 다른 창을 기웃거린다.

그렇게 하릴없이 살아가는 사람들의 모습을 보고 돌아다닌다. 미카도 언니의 얼굴에 조금씩 떠오르기 시작하는 선생님이란 남자의 그림자를 걷어내기 위해 새로운 그림자들을 찾는다.

집 근처로 되돌아왔을 때 유흥가의 네온사인은 대부분 꺼져 있다. 시벳 역시 고요하다. 묵직하고 엄격한 침묵 앞에 서 있는 것 같다.

카페 문에 기대 건너편 남자의 방을 올려다본다. 모든 방이 어둠에 잠겨 있다. 휘파람을 불어보지만 공허하게 흩어진다.

그 남자의 방이 있는 빌라 계단을 오른다. 바로 앞

15 - 18

201호실에는 대학 동창이 자고 있을 것이다. 언제나 그 남자가 보이는 202호실. 주저주저 손을 내밀어 차가운 손잡이를 잡고 살그머니 귀를 대본다.

인기척이 없다.

심장이 멎을 정도로 살그머니 손잡이를 비틀어 보니 둔탁한 소리가 나고 더 이상 움직이지 않는다. 손을 떼지 못한다. 손잡이로 서서히 체온이 옮겨간다.

내가 왜 여기까지 왔을까. 먼발치에서만 봤던 스크린 속 낯선 세계로 들어가는 입구에 서 있는 기분이 든다. 나는 그 세계의 무엇을 확인하고 싶은 걸까? 모르겠다.

별안간 적막한 도로에서 남녀의 웃음소리가 크게 들려온다. 그리고 계단 바로 아래서 자전거 멈추는 소리가 울린다.

나는 재빠르게 복도 끝으로 달려가 손잡이 밖으로 몸을 내민다. 어두워서 잘 보이지 않지만 풀 냄새가 코를 찌른다.

계단은 마당으로 통하는 하나뿐이다. 그 계단에서 두 사람의 경쾌한 발소리가 들려온다. 생각할 겨를도 없이 난간을 넘어 아래로 매달린 채 바닥으로 뛰어내린다. 풀밭에 닿는 순간 전류가 흐르듯 다리가 저릿하다.

열쇠를 찾는 듯 찰랑거리는 소리가 들리더니 뒤이어
문이 열리는 소리가 들린다.

그러고는 다시 고요해진다.

나는 바닥에 주저앉아 한동안 발을 문지른다.

심한 모멸감이 엄습한다. 그러면서도 온몸에 생기가
느껴진다.

5

아침 아홉 시쯤 카페로 내려가 보니 언니는 검은색 탱크톱에 천조각 같은 반바지 차림으로 의자를 닦고 있다.

"언니! 무슨 옷이 그래?"

언니의 이마에는 땀방울이 송골송골 맺혀 있다.

"청소하기로 했잖니. 늦었다. 창문부터 닦을래."

"평소보다 빨리 내려왔는데……."

그 자리에 서 있는데 언니는 아랑곳하지 않고 의자를 닦는다. 나는 하는 수 없이 양동이와 걸레를 들고 밖으로 나간다. 밖에 나와서도 한동안 제자리에 우두커니 서 있다. 건너편 계단 아래 있는 분홍색 자전거가 눈에 거슬린다.

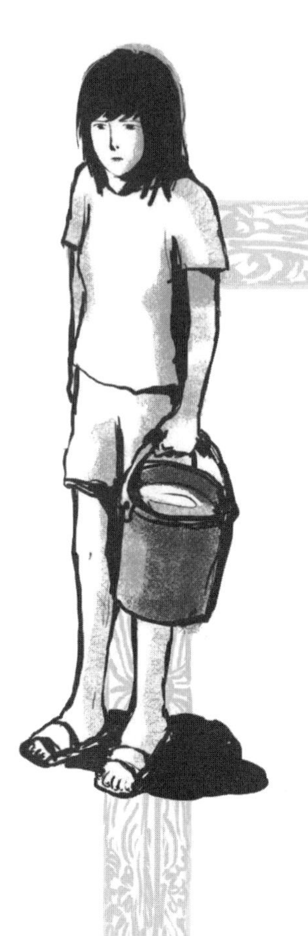

건너편 남자의 창문을 노려본다. 여느 때와 조금도 다를 바 없는 창. 안에 있는 두 사람에게도 아침이 서서히 다가오고 있다.

정신을 차려 보니 이마에 땀이 흥건하다. 양동이 안에서 출렁대는 물의 느낌도 없다.

"아아."

나도 모르게 신음이 새어 나온다. 그 자리에 서서 양동이를 내려놓고 차가운 물속에 양손을 집어넣는다. 그러고는 다시 그의 창문을 올려다본다.

"얘, 뭐 하고 있어."

미카도 언니가 인상을 찌푸리며 밖으로 나온다. 쪼그리고 앉아 있는 내 등 뒤로 가더니 얼른 일어나라며 무릎으로 등을 쿡쿡 찌른다. 등에 와 닿는 언니의 동그란 무릎이 살갑게 느껴져 기분이 좋다.

"언니, 좀 더 시원하게 해 봐."

언니는 양동이에 담긴 내 양손을 힘껏 잡아 일으킨다.

"손님 온다니까."

언니는 가지고 있던 걸레를 양동이에 휙 집어넣고 힘껏 짜내서는 씩씩하게 창문을 닦는다.

나도 양동이 옆에 떨어뜨린 걸레를 주워 제대로 짜지도 않고 언니 옆에서 창을 닦는다.

불을 켜지 않아 어두운 카페 창이 나의 엉성하고 부은 듯한 상반신을 비춘다. 얼굴을 가까이 대고 눈을 자세히 들여다본다.

"요령 피우지 말고!"

열심히 창을 닦고 있는 언니의 귀밑으로 땀이 줄줄

흘러내린다.

"언니!"

"왜?"

"여자가 남자 집에 와서 아침까지 있으면 할 일이란 게 뻔한 거지?"

"무슨 말이야?"

"언니 말고."

"그거야 그렇지."

"그렇지!"

"그래."

언니는 손을 계속 움직이며 창에 비친 나를 보고 피식 웃는다.

"오늘은 예쁘게 하는 거다."

"알고 있어."

"창 말고 너 말이야."

"왜?"

손길을 멈추고 언니를 본다. 검게 빛나는 머리카락 사이로 아침 이슬처럼 맑은 땀이 한 방울 떨어진다.

오후 다섯 시쯤 벨 소리를 내며 잰걸음으로 카페에

들어오는 언니의 선생님은 인상이 사마귀 같다. 그는 가냘프고 홀쭉한 큰 키에 회색 머리를 단정히 하고 금방이라도 흘러내릴 듯한 가는 안경을 썼다.

그는 카운터 끝에 서 있는 내게는 눈길도 주지 않고, 약속 시간인 네 시부터 벽에 있는 꽃을 만지며 안절부절못하던 언니를 금세 발견한다. 미안하다는 말을 하면서 언니에게 다정하게 오른손을 들어 보인다.

"선생님!"

미카도 언니도 반가운 표정으로 그를 맞이한다. 재회의 모습이 삼류 드라마 속 장면과 흡사하다. 창가 테이블에서 커피를 마시고 있던 두 사내가 얼굴을 마주 보며 낄낄댄다.

"선생님! 이쪽으로."

언니가 카운터 쪽으로 그의 등을 살짝 밀자 그는 어색한 듯 주머니에서 손수건을 꺼내 땀을 닦는다. 그 모습이 평범한 중년 사내 같아 잔뜩 부풀어 올랐던 기대가 일순간 꺼져버린다.

"마리모! 선생님께 물 좀 드릴래?"

"네."

연갈색 피처에 물을 담고 있는데 선생님이란 남자가

자리에 앉으며 가방을 의자에 내려놓는 소리가 들린다. 물을 갖다 주자 그는 고맙다는 말을 건네고 바로 물 컵을 비워버린다. 위에서 보니 그의 회갈색 머리는 털이 긴 쥐 같다. 셔츠 앞 단추 사이 살짝 드러난 목은 언니의 그것처럼 가늘고 부드러운 곡선을 지녔다.

"미안하지만 한 잔 더 줄래요?"

그가 고개를 돌리며 물 잔을 내민다.

"네."

발을 보니 갈색 체크부츠를 신고 있다. 내가 좋아하는 스타일이지만 조금은 오래돼 보인다. 말라버린 진흙 밑으로 부드럽고 탱탱한 질감이 느껴지는 구두다.

몸을 좀 더 숙여 그의 몸을 다시 한 번 훑어본다. 그렇게 촌스럽지는 않다. 다시 물 잔을 갖다 주자, 그는 카운터 너머에서 마실 것을 준비하는 언니와 마주 앉아 손수건을 부채처럼 부친다. 옆으로 보이는 콧날이 볼록하니 매끈하다. 언니가 컵에 뜨거운 물을 부으며 고개를 돌리지 않고 말한다.

"생크림!"

그 앞에 컵을 살짝 내려놓고 나는 다시 그의 뒷모습을 살펴본다. 카페에 오는 다른 사내들과 어디가 다른

지 찾아내 보고 싶다.

그가 뒤를 돌아본다.

나는 재빠르게 미소를 짓는다. 그는 얇은 입술을 살짝 끌어올리며 어색한 미소로 답한다. 그 미소에서 이상하게도 작은 친밀감이 느껴진다.

나는 크림 봉지를 꺼내고 냉장고에서 흘러나오는 냉기를 한가득 들이마신다. 발 건너에서 언니와 그가 이야기하는 소리가 들려온다. 언니가 준비한 커피 향이 두 사람을 감싸고 돈다.

나는 잠시 거울 앞에서 머리를 손질하고 카운터 안으로 들어간다.

두 번째 단추까지 열어젖힌 언니의 얇고 보드라운 하얀 블라우스 사이로 윤기가 흐르는 가슴 언저리에 나도 모르게 시선을 빼앗긴다. 단추 사이로 연자색 레이스 속옷이 보인다. 여자란 이런 존재다.

오늘 언니의 귀에는 귀고리가 없다. 끝이 이리저리 흐트러진 머리 사이로 앙증맞은 귀가 고개를 내밀고 있는 모습을 보니 갑자기 불안해진다. 낯선 언니의 모습을 보고 있자니 조바심이 인다. 언니는 커피 위에 크림을 얹어 그에게 내놓는다.

주방으로 들어가려 하자 언니가 내 소매를 붙잡는다.

"선생님! 얘가 마리모예요. 일을 도와주는……."

그의 눈이 잠시 내게 머문다. 모든 것을 꿰뚫어보는 듯한 아주 냉정한 눈길이다.

"마리모라…… 본명인가?"

"네."

"마리모(丸)라면 둥글다는 의미의?"

"아마……."

"좋은 이름이네."

"네……."

"느낌이 그런데."

그는 흥미가 있다는 것인지 없다는 것인지 뜻 모를 미소를 짓는다.

나는 잠시 할 말을 잃고 도움을 청하듯 언니를 바라본다. 언니는 그저 생글생글 웃을 뿐이다. 나는 아무 말도 할 수 없다. 내가 모르는 사람과 언니가 앉아 나를 화젯거리로 삼은 것이 너무 어색하고 부끄럽다. 나는 도망치듯 주방으로 돌아온다.

저녁에도 나는 어두운 베란다에서 남자의 방을 지켜

본다.

그는 없다.

다른 날과는 달리 창이 굳게 닫혀 있고 안쪽의 커튼은 죽은 듯 미동도 하지 않는다. 하지만 나는 그 방을 바라본다.

본다기보다는 열심히 현미경을 들여다보는 초등학생처럼 창을 뚫어지게 응시한다. 돌아올 것이다. 십 분 뒤 아니면 삼십 분 뒤에라도.

내가 기다리고 있는 건 그가 아닐지도 모른다.

그렇다면 나는 도대체 뭘 기다리고 있는 걸까?

선생님이란 남자는 아직 카페에 있다. 벌써 열한 시가 넘었다. 보통 때 같으면 언니가 금고를 채우고, 내가 의자와 테이블을 닦을 시각이다.

열 시가 지나 손님이 드문드문해지자 언니는 내게 위층으로 올라가라고 했다. 청소는 안 해도 된다며 손을 저었다. 그때까지 언니가 선생님이란 남자와 이야기만 나눈 탓에 나는 몸이 둘이라도 모자랄 지경이었다. 그나마 미즈시마가 오지 않아 다행이다. 그 남자를 상대하는 일만큼은 피하고 싶으니까.

언니와 그의 사이에는 내가 감히 끼어들 수 없는 막

이 드리워 있다. 그 막의 품위와 섬세함에 두려움마저 느껴진다. 미즈시마같이 품위 없고 유들유들한 인간이 들어온다면 모든 분위기는 엉망이 돼버리고 말 것이다. 모르긴 몰라도 절대 일어나선 안 될 일이다.

일하는 중간에 그를 훔쳐보았다.

나와 다른 사내들이 힐긋힐긋 곁눈질하거나 핥듯이 쳐다보는 언니에게 그는 단 한 번도 눈길을 주지 않았다. 그는 언니가 시야에서 사라져도 결코 그 모습을 따라가지 않고 처음부터 그 자리에 없었던 사람처럼 무관심한 태도를 보였다.

그와 언니는 어딘가 닮아 있다. 타인에게 무심하고 담담하다. 나는 그에게 마음이 끌린다.

건너편 방 창에 그와 언니의 옆모습이 보이는 것 같다. 오늘 본 그의 모습이 영사기처럼 창문에 비쳐졌다가는 사라지고 사라졌다가는 다시 나타난다. 그것을 지우듯이 언니의 하얀 블라우스와 귀고리를 달지 않은 귀를 떠올린다.

언니와 그는 지금 무슨 말을 하고 있을까?

희미한 두 사람의 잔상 위로 불현듯 상념이 내려 앉는다.

건너편 방에 불이 켜진다. 나는 얼른 정신을 차리고 어두운 방으로 들어간다. 드르륵 창문 여는 소리가 들리고 연이어 여자 웃음소리가 들린다. 언니의 웃는 얼굴이 보일 것만 같다.

6

한여름 오후 한 시, 책방은 사람들로 북적인다.

새 종이와 잉크 냄새가 진동하는 통에 구역질이 날 것 같다. 고서점의 곰팡내가 오히려 덜 역겹다.

책방엔 오랜만이다. 카페에서 조금 걸어가면 커다란 간판을 단 비교적 큰 서점이 있지만, 대학을 그만둔 뒤부터는 지적인 것에 대한 알레르기가 생겼다.

책방이나 도서관처럼 사람과 책만 있는, 신성한 곳에 가면 필요 이상으로 에너지가 소모된다. 도서관이나 책방도 나를 별로 좋아하지 않는 것 같다.

내가 가진 지적 호기심은 초등학교 때부터 사 모은 문고판과 카페에 있는 주간지 정도로 충분히 채워진다.

하지만 오늘은 카페도 쉬고, 미카도 언니는 늦게까지

잠에 빠져 있는 데다가 방 안에 있어 봐야 덥기는 매한
가지라 무작정 폭염이 내리쬐는 거리로 나왔다. 책방
에 가면 다시 태어나는 기분이 든다는 언니의 말에 용
기를 내어 책방으로 발길을 옮겼다.

이 많은 책과 북적이는 사람들 사이에서 어떻게 하면
다시 태어나는 기분을 느낄 수 있을까. 언니의 말에 이
끌려 여기까지 왔다.

몇 분 지나지 않아 이마와 등, 그리고 허벅지에 땀이
축축이 배어 책방의 미지근한 냉방으로는 도무지 땀을
식힐 수 없다. 나는 우선 책방 앞에 있는 주간지 판매
대에 앉아 땀을 식히기로 한다.

"더워라!"

한숨 돌리자 나도 모르게 덥다는 말이 새어 나온다.
옆에 있던 남자가 힐끔 나를 바라본다. 진열된 잡지 중
에서 가장 깨끗한 표지에 진초록을 배경으로 얼룩고양
이가 몸을 웅크리고 잠들어 있다. 진한 금빛의 눈이 그
만 포기하고 책방을 나가라고 말한다.

나는 미련 없이 책방을 나온다. 언니가 준 오래된 면
원피스가 등에 달라붙는다. 거추장스러운 원피스와 속
옷을 벗어 벽에 집어던지고 싶다. 총총걸음으로 길을

가로질러 카페까지 왔더니 어제 언니를 찾아온 남자가
마로 만든 셔츠를 입고 카페 차양 아래 쭈그리고 앉아
있다.

"선생님!"

그가 나를 올려다본다.

"어……."

"오늘 카페 쉬는데요."

나는 이마의 땀을 닦는다.

"언니 있나?"

"……."

"마츠자와 말이야!"

그는 검지로 카페를 가리킨다. 언니는 방에서 자고
있을 것이다. 하지만 잔다고 말하기 싫다.

"아마 방에 있을 거예요."

"점심 약속을 했는데…… 한 시에 데리러 오라고 해
서……."

"시간이 됐나요?"

"한 시가 넘었지."

"카페에서 기다리세요. 에어컨부터 틀게요."

나도 모르게 미소를 짓는다. 상냥하다는 소리를 듣고

싶은 것도 아닌데…….

나는 잰걸음으로 뒷문으로 가 문을 연다. 조금 전과는 다르게 땀이 흘러내리던 등에 불쾌할 정도로 한기가 느껴진다. 문을 열어주자 그는 고맙다는 말을 하고 안으로 들어온다.

다시 문이 닫히고, 셔터가 내려진 카페 안은 묵직한 어둠이 내려앉는다. 바닥과 문틈으로 가느다란 빛줄기만이 새어 들고 있다.

그는 아무 말이 없다.

어둠 속에서 나는 숨을 죽이고 눈을 크게 떠 본다. 소리 나지 않게 그의 냄새를 맡아본다. 동시에 이런 행동을 하는 내 자신이 부끄러워 문을 열고 도망치고 싶어진다.

"전기는?"

조금 떨어진 곳에서 그의 목소리가 들려온다.

카운터 끝, 스위치가 있는 곳으로 다가가 더듬더듬 불을 켠다. 그는 발을 걷고 홀 쪽으로 나간다.

"언니 불러올게요."

"저기!"

"네!"

"마츠자와는 자고 있나?"

"아마……."

"나도 좀 쉬고 싶네. 더위에 시달렸더니……."

그는 의자에 앉아 아이처럼 발을 흔들어댄다.

일순 그와 나 사이에 팽팽했던 긴장감이 풀어진다.

"좋은 가게야."

"……."

"후원자가 있나?"

웃음이 나온다.

"언니에게 못 들으셨나요?"

"그런 얘기는 잘 하지 않아서……."

그는 양손으로 머리를 쓸어 넘긴다.

"예전에 일 관계로 어떤 아저씨한테 넘겨받았나 봐요."

예전 일이 무엇인지는 나도 모른다. 하지만 분명히 언니는 그 남자하고도 잤을 것이다.

"냉커피 드실래요?"

"아니, 됐네."

카페 안은 무더운 바깥과 다르게 서늘하다. 밖에서 매미들이 요란하게 울어대고 있다. 알 수 없는 곳에서 갑자기 나타난 남자를 눈앞에 두고 나는 어찌할 바를 모르겠다.

　벽에 걸린 유화를 보고 있던 그가 갑자기 내게 시선을 돌린다.

　"자네, 학생인가?"

　"아니오. 대학은 그만두었어요."

　"그래. 대학은 가지 않는 게 좋지."

어떤 표정을 지어야 할지 막막하다.

언니라면 뭐라고 말할까.

　"마츠자와는 예전 그대로야."

　"학생 때도 그랬나요?"

　"그래. 그랬지."

오후의 미지근한 바람을 맞으며 자고 있을 언니의 얼굴이 떠오른다.

　"언닌 멋져요. 자꾸 보고 싶을 정도로."

　"그렇게 생각하나?"

　"그렇게 생각하지 않으세요?"

　"……."

　나는 어색한 침묵에 애꿎은 냉커피만 홀짝거린다. 무슨 생각에서인지 나를 물끄러미 보고 있는 그의 눈길이 견딜 수 없다. 하지만 그는 여전히 입을 다물고 있다.

“언니는 선생님이 좋은가 봐요.”

침묵이 버거워 나도 모르게 한마디 툭 던진다. 두 사람 관계에 전혀 흥미가 없다는 듯.

“언니 불러올게요.”

애써 눈길을 피하고 뒷문으로 나온다. 손을 뒤로 해서 문을 닫고 나니 맥이 풀려 몸을 문에 기댄다. 한낮의 더위가 스멀스멀 감겨온다. 현기증이 난다. 괜스레 언니가 보고 싶다.

계단을 뛰어올라 방문을 두드리며 언니를 부른다. 언니는 생각대로 반라의 옷차림으로 문을 연다.

“선생님이 기다리셔.”

“어머, 그래. 늦잠을 잤어. 그렇지 않아도 준비하던 참이야.”

“……”

“이따 보자.”

언니는 쾅 하고 문을 닫는다.

나는 방으로 돌아와 창문을 연다. 옷을 전부 벗어 던지고 침대에 쓰러진다.

숨을 고르며 가슴에서 배까지 손으로 쓸어내린다. 몸속은 견딜 수 없을 정도로 뜨거운데 살갗은 싸늘하다.

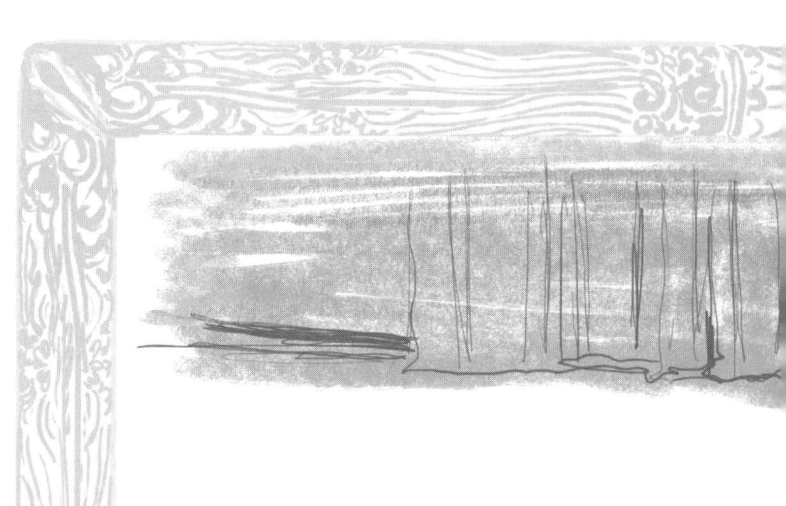

머릿속이 지끈거린다. 통증을 그대로 받아들
인다. 온몸으로 통증을 느끼고 싶다.

　옆방 문이 세게 열리더니 계단을 내려가는
언니의 하이힐 소리가 들린다.

　캉캉캉캉캉……. 건조하고 녹이 슬어 볼품

없는 계단을 때리는 소리.

나는 엎드린 채 눈을 질끈 감는다.

눈을 떠 보니 저녁이다. 태양은 한낮처럼 강렬하지만 부드러운 빛을 띠고 서쪽으로 넘어가고 있다. 꿈속인 양 방 안이 오렌지색으로 물들어간다.

가무잡잡한 내 몸도 잘 익은 과일 색으로 빛난다. 시트에 닿은 부분이 땀으로 축축하지만 기분 나쁘지는 않다. 잠시 동안 습한 기운과 햇살을 이불 삼아 선잠에 빠진다.

언니는 돌아왔나?

옆방에 인기척이 없다. 대신 건너편 남자의 방에서 꿈속인지 현실인지 혼란스러운 서투른 기타 연주가 들려온다.

「금지된 장난」.

슬픈 멜로디는 매 소절마다 끊겨 나도 모르게 입 끝이 올라간다. 저 정도라면 내가 더 잘할 수 있다.

불어오는 습한 저녁 바람이 맨살을 휘감는다. 자기 전에 벗어 던진 원피스를 입고 베란다로 나간다.

건너편 커튼 뒤로 어떤 그림자도 보이지 않는다. 평

상시처럼 둥근 의자에 앉아 공원 숲에 모여 있는 까마귀 울음소리와 시끄러운 자동차 소리, 그리고 멀리서 들려오는 사람들의 말소리를 듣는다.

신통치 않은 기타 연주는 모든 소음에 묻혀 흘러간다. 소중한 순간을 방해받고 싶지 않은 나는 둥근 의자에 앉아 천천히 숨을 고른다.

눈 속에서 선생님이라는 남자의 회갈색 머리와 호리호리한 몸, 그리고 조금은 지저분한 구두와 가느다란 안경 등이 단편적으로 떠올랐다가는 사라지고, 형상을 만들었는가 싶으면 흩어지고, 숨을 내쉴 때마다 더위 속으로 날아간다.

상상할 수 없을 정도로 위대하고 덕이 많으며 전능한 힘을 지닌 존재에게 간절히 청하는 심정으로 건너편 방을 본다.

이웃집 남자를 보고 싶은 것인지, 선생님이라는 남자를 보고 싶은 것인지, 미카도 언니를 보고 싶은 것인지 알 수가 없다. 그저 지구라는 같은 행성 속에서 다른 공간의 낯선 세계를 사는 사람들을 들여다보고 싶다.

기타 소리는 그칠 줄 모른다.

밤에 또 산책을 나간다. 언니는 아직 외출 중이다. 낮엔 조금 숨이 막혔지만 한밤에 부는 바람이 기분 좋아 몸이 편안하다.

언니는 어디 있을까.

나는 창에서 창으로, 문에서 문으로 몽유병자처럼 돌아다닌다.

늦은 저녁을 준비하는 소리, 샤워기 물 튀는 소리, 세탁기 돌아가는 소리, 텔레비전에서 흘러나오는 잡음, 온갖 소리를 잡아먹을 듯 밤하늘에 울려 퍼지는 매미 울음소리.

예전에 남자 혼자 텔레비전을 보고 있던 집에서 부인으로 보이는 여자가 소파 앞에서 기이한 체조를 하고 있다. 손을 가슴 앞에 모으더니 몸을 이상하게 비틀고 꼼짝도 하지 않는다. 딸로 보이는 소녀가 샤워를 한 듯 수건으로 머리를 말리며 그 옆을 지나간다. 여자는 고개만 돌리고 무엇인가를 말한다. 소녀가 다시 돌아와 소파에 털썩 앉는다. 울타리 너머에서 여자가 자세 바꾸기를 하염없이 기다린다.

"이봐!"

갑작스러운 소리에 나도 모르게 외마디 비명을 지른

다. 뒤돌아보니 몇 발자국 떨어진 곳에 선생님이라는 남자가 서 있다.

순간적으로 변명의 여지가 없다는 사실을 깨닫고 울타리 너머를 보라고 손짓을 했더니 그는 내 옆으로 와 창으로 보이는 여자와 소녀를 들여다본다. 그의 왼팔과 내 오른팔이 닿는다. 흠칫 놀란 티를 보이지 않으려고 나는 오른팔에 힘을 넣는다.

"계속 저 상태로 있어요."

비밀스럽게 이야기하는데 그는 대수롭지 않다는 표정이다. 그와 눈길이 마주치자 온몸에서 피가 빠져나가는 듯하다. 내가 왜 이런 행동을 하는지 그는 알고 있을지 모른다.

무슨 말을 해야 할까 궁리를 하는데 그가 먼저 입을 연다.

"이렇게 늦은 시간에 뭐 하고 있나?"

그의 팔을 끌고 울타리에서 떨어진다. 팔의 감촉이 서늘하다. 그의 뒤로 다가오는 자동차 불빛에 나는 눈을 가늘게 뜬다.

"산책했어요. 이제 돌아가려구요."

"산책?"

"네."

잡고 있던 그의 팔을 놓는다. 손가락에 남아 있던 감촉이 순식간에 사라진다.

"미카도 언니와 함께 있었어요?"

"응."

"지금까지요?"

"그래. 지금 돌아오는 길이지."

그는 양손으로 머리를 쓸어 넘긴다.

"오늘밤엔 어디 계세요?"

"큰길가에 있는 호텔. 술 좀 깨려고 걸어서 돌아가던 중이지."

"그래요."

"바래다줄까?"

"아뇨…… 조금…….'"

"……."

"조금만 같이 걸을까요?"

"그럴까."

우리는 누가 먼저라고 할 것도 없이 약간의 간격을 두고 걷기 시작한다.

간혹 속도를 줄이지 않는 자동차가 스쳐 지나간다.

우리를 전혀 신경 쓰지 않은 속도다. 오히려 그것이 좋다. 우리 두 사람은 죽은 것처럼 느껴진다. 빌라 사이사이 조용히 모습을 감추고 있는 잡초 냄새가 훈훈한 바람에 실려 몸에 감긴다. 나는 아래를 보고 걸으면서 풀 냄새를 맡는 한편 그의 냄새도 느끼며 허공을 가르는 우리의 발소리를 듣는다. 그가 이따금씩 나를 곁눈질한다. 행복하다.

"항상 이 시간에 산책하나?"

내 어깨가 달 듯 말 듯 또다시 자동차가 스쳐 지나간다.

"위험한데……."

"괜찮아요."

"그래."

한동안 침묵이 흐른다. 주차장 건너편에 3층 맨션 건물이 보인다. 3층 맨 오른쪽 베란다에서 여자가 난간에 기대 전화를 하고 있다.

"이 근처 사람들은 무방비 상태네."

그도 같은 창을 보고 있다. 내가 멈춰 서자 그도 발길을 멈춘다.

"살아 있는 느낌이 들지 않나요?"

나는 생각지도 않던 말을 툭 뱉는다. 말소리가 허공으로 흩어지며 장난스럽게 들린다.

"누가?"

창가의 여자가 갑자기 방 안으로 들어간다.

"들어갔네요."

돌아보니 그도 여전히 같은 곳을 보고 있다.

"저 사람…… 저 사람이 살아 있다고 느껴지지 않아요?"

"……."

"인간이란 생각하는 만큼 움직여요. 모두 가만히 있다가…… 갑자기 움직이면 움직이는 만큼 인간처럼 되고……."

여자가 수화기를 들고 무엇인가를 마시며 다시 나온다.

"모두 나름대로 즐겁죠."

내 말에 젊은이다운 냄새가 배어 있을지 모른다. 그가 피식 웃는다.

잠시 후 불빛 아래 있는 우리를 보았는지 여자가 다시 방 안으로 들어가 커튼을 친다.

"커튼을 쳤네요."

나는 그를 보며 어깨를 으쓱한다.

"자네도 나름대로 즐거워 보이는군."

"선생님은 어떠세요?"

"나? 나는……."

술 취해 떠드는 소리에 우리는 술집이 즐비한 거리를
바라본다. 고성은 곧바로 웃음으로 바뀌고 박자가 맞
지 않는 합창 소리가 조용한 거리에 울려 퍼진다.

"저 사람들처럼 해보면 좋을 텐데."

그는 지그시 미소 짓는다. 그는 어느새 카페 앞까지
동행한다. "괜찮다면 내일도 같이 걸을까요"라는 말을
하려는데 그가 먼저 언니에게 잘 쉬라는 말을 전해달
라고 하며 돌아선다.

오른팔에 힘이 푸욱 꺼진다.

아침에 카페로 내려간다. 언니가 오렌지를 자르며 미
즈시마와 이야기를 하고 있다. 과일즙이 흐르는 언니
의 가느다란 손가락에 윤기가 난다.

"언니, 좋은 아침!"

"좋은 아침!"

내가 말을 건네자 언니는 고개도 돌리지 않고 인사를

받는다. 미즈시마가 히죽거리며 눈인사를 보낸다. 나는 지나가는 투로 인사말을 하고는 손님 테이블에 있는 화병을 가지러 간다.

한 시간쯤 지나 미즈시마가 허스키한 목소리로 떠들썩하게 인사를 하며 카페를 나간다. 카페 안은 언니와 나, 둘만 남는다.

"언니!"

언니는 카운터 의자에 앉아 장부를 들여다보며 담배를 피운다. 옅은 금색 매니큐어를 칠한 손톱이 오래된 장부 위에서 점처럼 보인다. 언니는 고개를 들어 우아하게 왜 그러냐고 묻는다.

"어제 어땠어?"

내 물음에 언니는 모호한 웃음을 흘린다.

"선생님하고 같이 있었잖아!"

언니는 "글쎄" 하며 고개를 갸웃한다.

"언니, 교활해."

나는 정리하던 컵을 놓고 언니 옆에 앉는다. 담배 연기 속으로 언니의 달콤한 머리카락 내음이 스며든다.

"선생님이 언니 좋아해?"

언니는 연기를 내뿜으며 다시 웃는다.

"별걸 다 묻네. 몰라."

"알면서."

"정말 몰라."

"좋아하지 않는 사람하고는 같이 안 자."

"남자는 그렇지도 않아."

"같이 잤어?"

"그런 노골적인 질문은 하는 게 아니야."

"같이 잤지. 아저씨하고."

언니는 "아저씨?" 하며 유쾌하게 웃는다. 몸이 쪼그라드는 것 같다. 언니는 어젯밤 나와 선생님이 거리를 같이 걸었던 것을 모른다.

"왜 그 사람이 좋은데?"

언니는 재떨이 가장자리에 담배를 놓고 손톱 손질을 한다.

"내가 언제 좋아한다고 그랬니?"

"보면 다 알아."

"너도 선생님이 좋구나!"

언니는 내 눈을 가만히 들여다보며 확신에 차 말한다.

명치끝에 차가운 물체가 닿은 듯 나는 놀란다. 잠시 망설이다 당당하게 대답한다.

"그 구두가 좋아."

언니는 웃음을 머금고 내 머리를 쓰다듬으며 "이상한 애야"라고 말한다. 언니는 내 머리에 손을 얹은 채 말을 잇는다.

"마리모 나이였을 때 유메지 선생님을 좋아했어."

"선생님 이름이 유메지야?"

"다케히사 유메지(1884~1934, 다이쇼 시대를 대표하는 시인이자 화가)와 이름이 같아. 그분은 하야시 유메지야."

"여자 이름 같네."

"로맨틱하지 않니?"

"멋 부린 것 같아."

"어머, 정말."

언니가 좋아하는 사람 이야기를 하는데 언니는 전혀 흥미가 없어 보인다. 창에서 인기척이 들리자 언니는 커다란 엉덩이를 일으켰지만 손님이 아니었다. 언니는 꺼진 담배를 다시 입에 문다.

"결혼은?"

"글쎄."

"언니! 선생님하고 연애했지?"

언니는 다시 내 머리를 쓰다듬는다.

"말하지 못했어. 좋아한다고……. 수줍음을 많이 타서. 기회는 있었는데 말하지 못했어."

"그분 올해 몇이야?"

"몰라. 쉰은 넘었을 거야."

"아저씨네."

"그래."

"내가 오기 전에도 자주 왔어?"

"자주는 아니야. 몇 년에 한 번 정도."

"뭐 하러?"

"글쎄."

언니는 이야기가 재미없다는 듯 입술을 비틀어 연기를 가늘게 내뿜는다. 나는 더 이상 물어봐야 소용없다는 생각이 들어 입을 다문다. 아무리 달콤하게 꾀여도 언니는 절대 속내를 드러내지 않을 것이다.

적막한 카페 안에 흐르는 피아노 재즈 연주에 맞춰 흥얼대는 언니가 부럽다. 동시에 온몸이 옥죄는 느낌이 든다. 언니는 저렇게 무심한 척하며 연애를 하고 있는지도 모른다.

선생님의 전화가 있던 날부터 보통 때와 다르게 언니에게서 향긋한 냄새가 난다. 밤마다 언니를 찾아오는 사내들과는 전혀 다른 방식으로 그를 생각하고 있다는 증거다.

언니는 그 작은 비밀을 누구에게도 말하지 않고, 간섭받지 않는 마음속 깊은 곳에 간직하고 있다. 그리고 그것을 이따금씩 손으로 어루만지거나 말하고 때로는 햇빛에 비춰 보기도 하고 잠들지 못하는 밤에 꺼내 보는 보물처럼 소중하게 생각하고 있을 것이다.

그런 생각이 들자 언니가 가엾게 느껴진다. 한편으론 언니가 미우면서도 괜찮다고 위로해주고 싶어진다. 그러자 언니의 너그러움이 모두 내 것이 된 듯한 기분이 든다. 언니는 양어깨에 갈라 묶은 내 머리를 사랑스럽게 바라보고 있다.

"멋진 머리야."

나는 고개를 숙이고 어금니를 문다.

언니도 예뻐. 그렇게 말하려는데 벨 소리와 함께 손님들이 들이닥치고, 언니가 자리에서 일어난다. 손님들에게 미소 짓는 언니의 입 언저리와 목선이 부드럽다. 어제 선생님이 저렇게 아름다운 것을 어떻게 만졌을까 하는 생각에 혼란스러워진다.

매일 밤, 나의 산책은 계속된다.

한번은 선생님이 묵고 있다는 큰길가의 호텔까지 가본 적도 있다. 방 하나하나 유심히 살펴보았으나 선생님의 모습은 보이지 않았다.

건너편 방 남자에 대한 관심은 날이 갈수록 시들해져 간다. 그보다는 내가 상상할 수 없는, 나의 구원이 되어줄 만한 낯모르는 사람들의 행복과 불행이 보고 싶어진다.

나는 탈출하고 싶다. 내가 속한 세계에서 벗어나고 싶다.

미카도 언니와 선생님의 그림자는 벽처럼 나를 둘러싸고 나날이 거리를 좁혀오고 있다. 무작정 돌을 던져 탈출할 수 있는 구멍을 만들고 싶다.

나는 사람들 엿보는 일에 깊이 빠져든다. 언젠가 미즈시마가 준 싸구려 오페라글라스를 한 손에 들고 밤거리를 헤매며 이 집 저 집을 기웃거린다.

렌즈 너머 둥글게 보이는 사람들은 대부분 무표정하고 가까이 다가가려고 해도 초점이 흐려져 뿌옇게 보일 뿐이다.

어느 저녁, 한낮의 열기를 잔뜩 품은 소나기구름이 순식간에 검은 구름으로 변하더니 멀리서 천둥소리가 들려온다.

창가에 앉아 있던 사내와 그가 데리고 온 외국 여자들은 천둥소리를 듣고 아이처럼 야단법석을 떤다. 언니는 그들에게 비가 올 것 같다고 말하며 미소 짓는다. 마치 앞으로 일어날 일들을 모두 알고 있다는 듯. 그러고는 내게 차분하게 말한다.

"마리모! 빨래 걷어야겠다."

나는 주방 거울 옆에 걸어 둔 언니 방 열쇠를 가지러 간다.

현관에서 안을 기웃거려 본 적은 있어도 혼자서 언니 방에 들어가 보는 것은 이번이 처음이다.

밖에 나오니 마침 커다란 빗방울이 땅을 적시기 시작한다. 콘크리트 바닥에서 무엇인가 그을리고 부패한 듯한 풀 냄새가 모락모락 피어 올라온다. 멀리 동쪽 하늘에서 은빛 번개가 어두운 하늘로 치솟아 오르고 잠시 후 격렬한 천둥소리가 땅을 가른다.

나선형 계단을 뛰어올라가 방문을 열고 안으로 들어간다.

언니 방 현관은 화려한 구두가 넘쳐 발 디딜 틈이 없다.

나는 어쩔 수 없이 현관 앞에 샌들을 벗어놓고 까치발로 안으로 들어간다. 개수대 주변은 깨끗하지만 침실로 들어가는 바닥은 정리할 수 없었는지 뚜껑이 열린 채 상자에 들어 있는 구두와 포장지조차 뜯지 않은 물건들이 아무렇게나 흩어져 있다.

침실에는 유럽풍의 화려한 침대 옆에 빈 맥주 캔 하나가 뒹굴고 있다. 텔레비전은 없지만 한쪽으로 작은 방에 어울리지 않는 경대가 있고 화장품 병이 여러 개 놓여 있다. 서랍 앞에는 언니의 예쁜 속옷들이 널려 있다. 어두운 방에서 누군가를 기다리는 듯 숨을 죽인 연한 이불에는 맑은 공기가 감돌고 있는 듯하다.

나는 창문을 열고 서둘러 빨래들을 걷어 들인다. 빗줄기는 점차 굵어진다.

베란다에 들이치는 빗방울이 손과 얼굴을 적신다. 건너편 남자의 빨래들이 빗줄기에 파닥거린다.

언니 방에서는 이렇게 보이는구나. 안에는 아무도 없는지 색색의 티셔츠가 비에 젖어 슬프게 흔들리고 있다.

창문을 닫고 거울에 내 모습을 비쳐본다. 가슴을 약간 부풀리고 숨을 참고 있는 나를 옅은 어둠 속에서 빛깔을 잃고 웅크리고 있는 가구들이 지켜보고 있다는 생각에 가슴이 답답해진다.

이 거울에 언니는 어떻게 비칠까.

내가 모르는 언니의 모습이 방 안에 떠돌고 있는 듯하다. 이것저것 흔들어도 보고 열어도 보면서 언니의 냄새를 맡아본다. 조금 큰 병을 들어 보니 그 안에 사각형의 작은 액자가 있다.

사진이다.

금색 테두리가 거칠고 차다.

액자 안에 언니가 있다. 나처럼 양쪽으로 머리를 묶고 이쪽을 보며 웃고 있다.

빛이 날 듯 아름다운 얼굴.

젊다. 나는 서둘러 사진을 제자리에 놓는다. 찾고 있던 것인데 실제 눈으로 확인하니 뒤가 켕긴다.

갑자기 전화벨이 울린다.

직감적으로 선생님 전화라는 생각이 든다. 구식 검은색 전화가 경대 옆 작은 의자 위에 버려진 듯 놓여 있다. 나도 모르게 수화기를 들어버린다.

"네."

수화기에서는 아무 소리가 없다.

"여보세요?"

얼마간 침묵이 흐른다. 나는 기도하는 심정이 된다.

"하야시입니다만."

전화로 듣는 선생님 목소리는 생각보다 냉랭하다. 마
치 지금 나의 행동을 꾸짖는 것처럼.

"미카도 언니는 카페에 있어요."

"자네는?"

"마리모예요."

"마리모! 카페 전화가 안 돼서 집으로 했는데……."

"전화가 안 돼요? 손님이 쓰고 있나 봐요."

선생님은 대답이 없다.

"하실 말씀이라도 있나요?"

"아니, 별로."

"그럼 왜 전화했어요"라고 말하고 싶지만 꾹꾹 눌러
버린다. 나는 할 말을 찾느라 잠시 생각에 잠긴다.

"그럼, 나중에……."

"선생님!"

"왜?"

"카페엔 언제쯤 오시나요?"

선생님의 침묵이 다시 이어진다.

"미카도 언니가 좋아하기에……."

"나중에 가지."

"네."

"자, 그럼……."

선생님이 전화를 끊은 후에도 나는 수화기를 들고 그 자리에 우두커니 서 있다. 그 사진 어딘가에 선생님의 자취가 남아 있을 것만 같다.

수화기를 내려놓고 병에서 다시 사진을 꺼낸다. 다시 한 번 자세히 들여다본다. 그러고는 치마 주머니에 넣었다가 생각을 돌려 다시 제자리에 넣는다.

"전화가 왔어."

가게로 내려와 손님과 이야기하며 바깥을 쳐다보고 있는 언니에게 말한다. 언니는 창에서 눈을 떼지 않고 누구냐고 묻는다.

"선생님."

"그래!"

언니는 시선을 거두고 컵을 닦기 시작한다. 가끔 한숨을 내쉬며 열심히 컵의 얼룩들을 지운다. 다 닦고 나서는 허공에 컵을 비쳐보고 또 다른 컵을 닦는다.

언니는 그 사진도 저 컵처럼 닦을까.

선생님과의 추억은 도대체 어디에 간직하고 있을까.

언니의 표정으로는 전혀 알 수가 없다. 내 시선을 의식했는지 언니는 왜 그렇게 보느냐며 환한 미소를 짓는다. 내 얼굴에도 어색한 미소가 떠오른다.

7

선생님은 한동안 카페에 오지 않지만 언니와 가끔씩 식사는 하는 듯하다. 선생님과 외출하는 날이면 언니는 아침부터 들뜬 사람처럼 평소와 다르게 헤픈 웃음을 지어 금방 알 수 있다. 그 이외에는 별다른 일이 없다.

건너편 남자 방에는 여전히 머리가 긴 여자가 찾아오고, 카페에는 미즈시마와 고미야마 그리고 다른 손님들도 변함없이 왔다가고, 태양도 떠올랐다가는 진다. 겉으로는 언제나 다를 바 없는 일상이 이어진다.

단지 갈수록 나만 깊이 잠들지 못하는 날이 많아지고 그만큼 밤의 산책은 길어져 간다. 요가 하는 부인은 매일 밤 같은 동작을 반복해 조금씩 싫증이 나기 시작하고, 대신 2층에 있는 소녀를 관찰하는 데 재미를 붙인다.

초록색 커튼은 쳐져 있지만 조금 떨어진 곳에서 오페라글라스로 보면 때때로 창문 틈 사이로 파란색 잠옷을 입은 여자가 보인다. 그녀는 긴 머리를 묶어 올려 보기도 하고 말 꼬리처럼 꼬아도 보며 누구한테 보여 주는 것도 아닌데 어쨌든 열심이다.

둥근 글라스 너머로 엿보는 그녀의 모습은 무척 진지해서 마치 내 시선을 그대로 거울에 옮겨 놓은 듯하다.

선생님과 함께 본, 전화하던 여자의 방에는 가끔 남자 모습이 눈에 띈다.

남자가 베란다에서 담배를 피운다. 잠시 후 커튼이 열리고 여자가 얼굴을 내밀며 무엇인가 이야기한다. 그러고는 둘이서 방 안으로 들어간다.

엿보고 있을수록 그들의 생활에 대한 궁금증은 더해만 간다. 보다가 질리면 또 다른 창을 찾는다. 오렌지색과 흰색의 불빛 아래서 밋밋하게 살아가는 사람들을 관찰하는 일은 계속된다.

유령처럼 집으로 돌아온다. 한밤중에 문득 눈을 뜨면 옆방에서 언니의 목소리가 낮게 들려오곤 한다. 비몽

사뭇간에 나는 선생님과 통화하고 있다고 생각한다.

그때마다 불빛이 꺼져가는 밤거리를 걷는 언니와 선생님의 뒷모습이 뿌옇게 보이는 꿈을 꾼다. 쫓아가도 두 사람은 조금씩 더 멀어질 뿐 내 발걸음으로는 도저히 따라잡을 수가 없다.

카페 문을 닫을 때쯤 마로 만든 셔츠를 말쑥하게 차려 입은 선생님이 느닷없이 나타난다. 나는 얼른 등을 돌리고 벽에 걸린 꽃을 손질하는 시늉을 한다. 8월도 거의 지나갈 무렵이다.

"문 닫을 시간인가?"

언니가 웃으며 인사하는 소리가 들린다. 선생님의 분명치 않은 소리도 들린다. 카페에는 우리 세 사람밖에 없다. 마지막 손님은 5분 전쯤 돌아갔고, 언니는 카운터에서 돈을 세고 나는 테이블을 청소하던 참이다. 한 차례 내린 비 때문에, 열어 놓은 창으로 불어오는 바람이 다른 날보다 시원하다.

"마리모!"

언니가 부른다. 나는 깊게 숨을 들이마신다.

"마리모!"

“네.”

“물.”

“네.”

나는 뒤돌아 카운터에 시선을 준다. 언니와 선생님이 나를 보고 있다. 언니는 잔혹하다. 언제나 이것이 마지막이라는 느낌을 주며 상대를 포로로 만드는 저 미소.

“안녕하세요.”

선생님의 눈을 똑바로 쳐다볼 수 없다. 한마디 인사만 하고는 카운터 구석에서 물방울이 송골송골 맺혀 있는 피처 쪽으로 간다. 오른팔에서 힘이 빠져 나간다. 컵을 잡은 손이 떨린다. 피처에서 쏟아지는 물의 냉기가 컵을 든 손으로 전해진다.

언니는 카운터를 등지고 선생님에게 드릴 음료를 만들고 있다. 선생님은 예전처럼 무심한 눈길로 언니의 뒷모습을 바라보고 있다. 체크부츠가 젖어 있다. 소나기 때문에 뛰어서 그럴까?

등 뒤에서 아무 소리 없이 컵을 놓아주자 선생님은 나를 돌아보지도 않고 그 자세 그대로 고맙다는 말을 건넨다. 일전에 같이 산책을 하며 대화했던 것은 아예 기억에도 없다는 듯한 태도다.

은근히 선생님이 야속하다. 언니는 내게 생크림을 달라고 하더니 비엔나커피를 만든다.

언니와 선생님이 서로 마주 보고 앉고, 나는 다시 손님 테이블로 돌아와 총채를 든다. 창가에 놓여 있는 애꿎은 화병만 자꾸 털어낸다. 언니와 선생님은 소리를 낮추고 이야기를 한다. 아무리 귀를 기울여도 바람 소리만이 귀를 간지럽힌다.

나는 건너편 남자의 창문을 올려다본다.

불이 꺼져 있다.

바로 앞 건너편 방 창에서 잠옷을 입은 노인이 덧문을 닫고 있다. 나는 구원을 요청하듯 그녀에게 온힘을 다해 미소 짓는다. 언니가 내게 늘 하듯이. 그녀는 나를 보았지만 입을 꾹 다문 채 덧문을 닫고 사라진다.

카운터에 앉은 두 사람은 즐겁게 이야기를 나누고 있다. 나는 두 사람을 의식하며 잔뜩 긴장하고 있다. 그 긴장이 풀어지면 그들이 보이지 않는 곳을 향해 뛰쳐나갈 것만 같아 두렵다. 불안감을 떨쳐버리고 가능하면 침착한 모습을 보이려고 애쓴다.

선생님을 바라보는 언니의 눈길은 나와 사내들을 보는 의미 없는 눈빛과는 다르게 느껴진다. 검은 눈동자에는 눈앞의 선생님이 고스란히 들어가 있을 것이다.

지금까지 내가 언니의 눈에 그렇게 비쳤던 적이 있을까. 실제 나는 언니가 무엇을 보고 있는지조차 알려고 해 본 적이 없다. 옆에 있으면 언니의 생각이 내 일처럼 쉽게 이해할 수 있을 것만 같았고 결국 언니처럼 될 수 있다고 생각했다.

카페에 온 지 반년밖에 지나지 않았는데 아주 오래전부터 그런 생각을 하고 있었다는 느낌이다.

그런데 왜 나는 아직까지 언니를 이해할 수 없는 것일까.

카운터의 두 사람은 내게 눈길도 주지 않는다. 어느 한 사람 내게 관심이 없다. 이런 유치한 생각이 나를 초조하게 만든다.

초조함은 내 안에서 조용히 부풀어 올라 긴장감에 팽만해 있던 몸을 허물고 만다.

"나 옷 좀 갈아입고 올게."

카운터로 고개를 돌려 보니 언니는 앞치마를 벗고 있다.

"올라가도 돼."

나는 위층으로 올라가려는 언니를 붙잡고 싶어진다.

다가가려고 한 발 내딛는 순간 테이블 모서리에 허리를 부딪히는 바람에 구석에 놓아둔 설탕 통이 요란한 소리를 내며 바닥에 나뒹군다.

그제야 선생님은 내가 있다는 것을 깨달은 듯 나를 돌아본다.

"죄송합니다."

나는 허둥지둥 그 자리에 쪼그려 앉아 재처럼 흩어진 설탕을 양손으로 쓸어 모은다. 언니는 재미있다는 듯 깔깔댄다.

"괜찮나?"

의자에 앉은 선생님도 웃으며 나를 내려다본다.

허리뼈가 끊어질 듯 아프다. 울음이 터질 것 같다. 화가 치민다. 속에서 뜨거운 것이 목구멍을 타고 오른다.

"내가 이상해요?"

두 사람은 아무런 대꾸도 없다. 나는 다시 목소리에 힘을 주어 말한다.

"내가 이상하냐구요?"

언니는 내가 평소와 다르다고 느끼는지 고개를 갸웃하며 나를 본다. 목소리의 떨림이 느껴진다.

"마리모짱! 왜 그러니?"

이런 상황에서 '짱'이라는 애칭을
붙이는 언니가 너무 밉다. 선생님은
모른 척 카운터를 향하고 있다.

나는 일어나 선생님 뒤에 선다. 언니는 여전히 부드러운 표정으로 왜 그러냐고 묻는 얼굴이다.

지금 내 얼굴은 과연 어떨까?

잔뜩 화가 나 금방이라도 울음을 터

뜨릴 것처럼 보일 텐데도 언니의 표정은 평소와 다름없이 평화롭기만 하다.

모든 것을 뒤집어버리고 싶다. 상처 받은 두 사람의 얼굴이 보고 싶다.

"언니는 교활해. 이 남자 저 남자를 방으로 끌어들이면서 어떻게 그런 표정으로 웃을 수가 있어? 매일 밤 창녀처럼 생활하면서. 선생님은 알고 계셔? 아무 말도 하지 않고 선생님한테만 깨끗한 척하고 언니는 정말 교활해. 혼자만 잘난 줄 알고……."

언니는 난처하다는 듯한 표정으로 고개를 갸우뚱하고는 선생님에게 미소를 짓는다.

기대한 표정이 아니다. 하고 싶은 말을 다 하기엔 아직 턱없이 부족하다.

더 할 말을 열심히 궁리한다. 눈을 깜빡거리자 눈물이 떨어진다.

"선생님도……."

떨리는 목소리로 나는 말을 잇는다.

"언니는 선생님이 생각하고 있는 그런 여자 아니에요. 언니한테는 선생님 같은 사람이 한둘이 아니니까 자신만 특별하다고 생각하지 마세요. 언니에게 특별한 사람은 없어요."

아슬아슬하게 말을 이어간다.

눈물을 닦으며 흐느끼면서도 이상한 소리를 한다며 곤혹스러워하는 선생님의 말소리가 들린다.

나 혼자만 상처를 받고 있다. 놀라는 와중에도 나는 언니에게 심한 말을 했다는 데 생각이 미친다. 입에서 나와버리자 그것이 마치 사실처럼 느껴진다.

방금 전에 한 말이 거짓말이라고 언니가 부정하기를 바랐다. 그러나 아무 말소리도 들리지 않는다.

두려움에 휩싸여 고개를 들어보니 두 사람의 시선은 다른 곳에 가 있다.

"그것 봐요, 이상한 애죠."

언니는 눙치듯 말하고는 화제를 돌린다. 눈가가 젖은 채로 나는 그 자리에 멍하니 서 있다. 두 사람은 내 말에 신경조차 쓰지 않는다. 내가 아무리 감정이 북받쳐 올라도 그들은 그것을 온전히 받아줄 감각 기관이 없는 모양이다.

선생님의 잔에 맺힌 물방울이 흘러내려 나무로 만든 카운터에 조금씩 스며든다. 내 머릿속에서도 무엇인가 흘러내리는 듯하다. 단단했던 환멸이 기체처럼 흘러내

린다.

바로 눈앞에 있지만 두 사람은 아주 멀리 있다. 툭 내던진 말 때문에 격해진 감정은 허무하게 허공을 맴돌다 사라져버린다.

두 사람은 언제까지나 보고도 못 본 척한다. 그런 생각이 들자 갑자기 두 사람이 인형처럼 느껴지며 내 등줄기가 싸늘해진다.

문득 애초에 나는 없었다는 생각이 든다.

나는 조용히 카페를 나온다. 문을 여는 순간 언니의 웃음소리가 귀를 때린다. 나는 눈길도 주지 않고 길을 건너 줄기를 뻗은 민트를 닥치는 대로 뽑아버린다. 민트뿐만이 아니라 공원의 숲과 느티나무, 해바라기, 그 건너편에 있는 집들과 눈에 띄는 모든 것을 뿌리째 모두 뽑아버리고 싶다.

뽑혀서 길바닥에 아무렇게나 내팽개쳐져도 민트의 향기는 여전하다.

나선형 계단을 오르는 하이힐 굽 소리가 들려온다. 올려다보니 스커트 아래로 보이는 언니의 다리가 가로등 불빛에 하얗게 빛나고 있다.

나는 그 다리의 움직임을 물끄러미 바라본다. 강한

바람이 불어와 검은 스커트가 무릎까지 말려 올라간다. 언니는 나를 돌아보지도 않고 복도 끝에서 모습을 감춘다. 나는 그 자리에 주저앉아 뽑은 민트를 얼굴에 대 본다.

찢어진 초록의 조각들이 허공에 날아올라 사방으로 흩어진다.

8

잠에서 깨어 보니 옆방에서 소리가 들려온다. 다리가 가는 화려한 침대가 누런 다다미 위에서 삐걱거리는 소리.

다른 날과 달리 언니의 소리만 들리지 않는다. 자궁을 수축시킬 듯 나를 괴롭히는 작은 새의 비명 같은 그 소리.

아름다운 미카도 언니.

그녀의 눈에 비치는 선생님. 두 사람이 벽 건너편에 함께 있다.

벽에 귀를 기울이면 선생님의 숨소리까지 들려오지 않을까.

나는 꼼짝도 하지 않는다. 그러나 또다시 충동이 일

어 벽에 오른쪽 귀를 대고 있으면 귀가 조금씩 아파 올 것이다.

눈을 감고 규칙적으로 숨을 고르며 그러기를 기다린다.

열을 세고 스물을 세어도 나는 천장만 보고 있다.

어둠에 익숙해진 눈이 천장의 사각형을 알아볼 수 있게 되었는데도 머릿속은 뿌옇기만 하다. 오늘 내가 들은 말, 해버린 말들을 아무리 생각해보려 해도 또렷하게 떠오르지 않는다.

모든 것이 아득한 꿈만 같다. 아득한 꿈이었으면 좋겠다.

이마에 손을 대니 손가락 끝에서 민트 향이 희미하게 풍긴다. 순간 흐트러진 민트 속에 서 있는 내 모습이 떠오른다.

결국 내가 보고 싶은 것은 평범한 사람들의 일상이 아니라 무표정 뒤에 감춰진 모순과 욕망, 슬픔으로 일그러진 질퍽하고 냄새 나는 얼굴이었는지 모른다.

두 사람 앞에서 나는 그런 얼굴을 하고 있지 않았을까. 보면 알 수 있었을 것이다. 나뿐만이 아니라 모든 사람들이 단 한 번만이라도 그런 얼굴을 보여줄 수 있

으면 좋을 텐데.

커튼 틈으로 가로등 불빛이 새어 들어온다.

일어나 살짝 커튼을 치고 베란다로 나간다. 여름의 끝을 예고하는 시원한 바람이 언니의 소리를 조용한 밤공기에 실어 보낸다. 술집이 늘어선 거리도 고요하다. 나는 의자에 앉아 옆방의 작은 여름 교향곡을 무심하게 듣는다.

건너편 남자 방에는 불이 꺼져 있다. 레이스 커튼이 밤바람에 춤을 춘다.

자나?

그렇게 생각하는데 커튼 너머로 사람 그림자가 어른거린다. 분명히 사람이다.

바람이 강하게 불어와 커튼이 반쯤 펄럭인다. 그 남자의 얼굴을 처음 본다. 그는 뚫어져라 언니의 방을 들여다보고 있다. 잠시도 한눈을 팔지 않고 푹 빠져 있다.

나도 저렇게 다른 사람을 볼까.

그리고 이렇게 들킨 적이 있었을까.

생각해 보니 웃음이 절로 나온다. 남자가 건너편 베란다에서 자신을 보고 있는 나를 흠칫 놀란 눈으로 바라본다.

언니가 다시 작은 비명을 지른다. 나는 일어나 천천
히 눈인사를 한다.

남자는 영문을 모르겠다는 듯한 표정으로 인사를 받
는다.

그래, 그렇다.

대수롭지 않은 일이다. 그렇게 생각하면 나는 저 창
에 서서 손을 흔들 수 있다.

작은 교향곡은 점차 격렬한 선율로 바뀌어 간다.

현실은 언제나 그렇듯 불확실한 미래를 인질로 잡고 우리에게 흥정을 걸어온다.

애거서 크리스티의 소설과 허름한 카페의 구석진 자리에서 불안정한 일상을 보내던 마리모.

그녀의 모습에서 만원 전철을 오가며 차창에 비친 피곤한 우리 자신을 떠올리기란 어려운 일이 아니다.

평범한 일상 속에서 의식의 흐름을 붙잡으려는 우리 모습을 한 폭의 수채화처럼 담아내는 나나에의 소설을 보면 때론 나도 모르게 한숨이 절로 나온다.

"인간이란 생각하는 만큼 움직여요. 모두 가만히 있다가…… 갑자기 움직이면 움직이는 만큼 인간처럼 되고……."

주인공의 추상적인 독백처럼 우리는 끊임없이 어떤

출구를 찾아 나선다.

이성과 합리가 마비되어가고 자신의 정체성이 모호
해지는 현대 사회를 살아가는 사람들에게 타인의 모습
은 더 이상 신화가 아니다.

타인의 삶이 곧 내 삶이고, 내 삶이 곧 타인의 삶일지
도 모른다.

밤마다 자신을 찾기 위해 타인의 삶을 기웃거리며 방
황하는 마리모는 우리의 자화상이다.

이런 의미에서 『이웃집 남자』는 관음증 환자처럼 왜
곡된 정신 일탈을 그린 작품들과는 거리가 있다.

'대수롭지 않은 일이다. 그렇게 생각하면 나는 저 창
에 서서 손을 흔들 수 있다.'

소설의 끝 부분에 자조 섞인 투로 던지는 이 말은 그
런 의미에서 오래도록 가슴에 여운을 남긴다.

황색 저널리즘과 선정적 예술에 중독되어 뿌연 부유
물들로 가득한 우리의 감성을 따뜻한 찻잔을 감싸듯
조심스럽게 만드는 그 무엇인가가 있다면 기쁘게 맞이
할 일이다.

지세현